LA MAISON AUX ORTIES

DU MÊME AUTEUR

Les Inadaptés, éd. du Rocher, 1969.
Au sud du silence, Saint-Germain-des-Prés, 1975.
Les Ombres et leurs cris, Belfond, 1979, prix Apollinaire 1980.
Le Fils empaillé, Belfond, 1980.
Qui parle au nom du jasmin, EFR, coll. "La petite sirène", 1980.
Un faux pas du soleil, Belfond, 1982.
Vacarme pour une lune morte, Flammarion, 1983.
Les morts n'ont pas d'ombre, Flammarion, 1984.
Mortemaison, Flammarion, 1986.
Monologue du mort, Belfond, 1986, prix Mallarmé 1987.
Bayarmine, Flammarion, 1988.
Fables pour un peuple d'argile, Belfond, 1992, grand prix de la SGDL 1993.
La Maîtresse du notable, Seghers, 1992.
Les Fiancées du cap Ténès, Lattès, 1995 ; LGF, 1997.
Ils, douze poèmes illustrés par Matta, édité par Les Amis du musée d'Art moderne de Paris.
La Maestra, Actes Sud, 1996 ; Babel, 2001.
Anthologie personnelle, Actes Sud, 1997.
Une maison au bord des larmes, Balland, 1998 ; Babel, 2005.
Elle dit, Balland, 1999.
La Voix des arbres, Le Cherche-Midi éditeur, 1999.
Privilège des morts, Balland, 2001.
Compassion des pierres, La Différence, 2001.
Zarifé la folle, F. Jaunaud, 2001.
Alphabet de sable (avec des illustrations de Matta), Maeght éditeur, 2001.
Version des oiseaux (avec des illustrations de Velikovic), F. Jaunaud, 2001.
Le Moine, l'Ottoman et la Femme du grand argentier, Actes Sud, 2003, prix baie des Anges 2003 ; Babel, 2004.
La Maison aux orties, Actes Sud, 2006.
7 pierres pour la femme adultère, Mercure de France, 2007.

© ACTES SUD, 2006
ISBN 978-2-7427-7355-8

V. KHOURY-GHATA

LA MAISON
AUX ORTIES

roman

BABEL

PROLOGUE

Une maison au bord des larmes, publié en 1998, fut suivi d'une correspondance intense avec mes lecteurs. Ils voulaient savoir ce qu'était devenu mon frère-poète interné dans un hôpital psychiatrique et si sa mère était toujours en vie.

La Maison aux orties en est la suite d'une certaine manière… Deux années de travail acharné, des dizaines de pages sacrifiées avec la fausse impression de coller à la réalité. Le mot "Fin" étalé sur la dernière page et m'étant relue, j'ai constaté que ces pages ne contenaient que des pépites de ce que j'ai vécu. L'écriture seul maître à bord a tiré les ficelles et m'a entraînée vers une réalité enrobée de fiction.

Il m'est impossible de faire la part du vrai et de l'inventé, de démêler la masse compacte faite de mensonges et de vérités. A quelle date exacte avait commencé la déchéance de mon frère ? Où fut enterré mon père ? La guerre limitant les déplacements, on enterrait sur place à l'époque. Les personnages de ce livre n'étant plus de ce monde, je les ai convoqués par la pensée et leur ai demandé de donner leur version personnelle des faits.

Penchée par-dessus mon épaule, mon analphabète de mère me dicte ses espoirs et ses désillusions. Mon jeune mari mort il y a plus de deux décennies me donne rendez-vous dans un café, non loin de mon nouvel appartement, et me demande de lui décrire ma vie après lui. Seul mon frère reste sourd à mes appels. Faut-il croire que ceux qui n'ont pas aimé leur vie refusent de frayer avec les leurs ?

Là-bas, de l'autre côté de la Méditerranée, il y avait une maison encerclée par les orties et les mauvaises herbes. Des cris fusaient dès la tombée de la nuit. Plus tard, il y eut une autre maison en plein cœur de Paris. Les murs résonnaient des rires de l'enfant. La pipe du père dessinait des spirales de fumée en forme de cœurs.

Une troisième maison en bordure d'un bois a remplacé les deux autres. Celle qui écrit y vit en compagnie de deux chats et de livres.

V. KHOURY-GHATA

Elle se ressourçait face aux orties qui la regardaient sans la voir, immobile, absente d'elle-même, statue de chair et de fatigue, devenue presque pierreuse.

La soupe sur le feu pouvait cramer, la maison s'écrouler, elle n'aurait pas cillé, ne se serait pas retournée. Les plantes noirâtres étaient sa seule fréquentation, son grand souci.

"Je les arracherai demain", annonçait-elle tous les soirs quand maison et jardin devenaient un bloc opaque. Mais le lendemain, arrivant avec ses tâches, lui faisait oublier les orties pourtant visibles de ses deux fenêtres. Leur face-à-face se déroulait au crépuscule quand les voisines disparaissaient derrière leurs murs avec mari et marmaille. Des femmes si différentes de la mère. Lèvres carminées, aisselles épilées, robes à fleurs et les vapeurs du cumin, du safran et du curcuma s'échappant de leurs marmites alors que les épices étaient bannies de la sienne.

La mère n'aimait pas la maison, nous non plus. Il aurait suffi d'en perdre la clé, de laisser la porte ouverte aux pluies, au vent pour qu'elle fît partie du jardin, l'ortie envahissant les meubles, une terre mauvaise tapissant le sol en béton gris alors que les appartements voisins étaient carrelés avec des tomettes rouges. Ce que j'appelle maison était un bloc carré, un cube percé de cinq ouvertures : deux fenêtres et une porte sur le devant, deux autres à l'arrière. Le soleil y pénétrait par effraction, morcelé par les barreaux en fer, avalé par les murs. J'ai vu le même cube au cimetière collectif du Moukattam au Caire. Un cimetière habité par les plus pauvres qui ont fait leur domicile de ses *tourba* pareilles à des maisons renversées.

Les affrontements quotidiens entre le père et le fils la transformaient en espace pour les cris alors que le champ d'orties était un espace pour le silence. Aux plantes découpées en dents de scie, la mère offrait un visage serein si différent de celui qu'elle arborait à l'intérieur. De là où elle aimait s'asseoir, sur la pierre rêche du seuil, la mer était invisible. Elle en devinait la présence en suivant du regard les rues en pente qui y menaient. Fendues dans les oliveraies ou circulant nues entre les bâtiments, ces rues encerclaient çà et là un terrain vague, un potager, avant de s'étirer linéaires vers les vagues qui charriaient ordures, excréments et détritus dans une odeur fétide de pourriture, d'algues et de sel.

Des années plus tard, ces mêmes vagues charrieront les cadavres boursouflés des victimes de la guerre qui scinda le pays en deux clans ennemis. Sortis de leurs abris, les habitants de B. se ruaient sur les plages pour regarder avec dégoût et délectation les morts poussés par le ressac et qui parfois s'engouffraient dans les embouchures comme s'ils désiraient remonter les fleuves jusqu'aux sources.

Contrairement à ses voisines, la mère ne s'aventurait jamais sur le littoral où badauds, marchands de glaces, morts et mouches constituaient une même masse d'odeurs et de bruits. A celles qui lui reprochaient son manque de curiosité, elle répondait qu'il lui suffisait de coller son oreille sur le sol de sa maison pour entendre mugir les vagues, crier les mouettes et s'entrechoquer les morts face à la mer qui aboyait.

— Dessine ta maison quand tu étais petite, me demanda un jour ma fille à l'âge de quatre ans.

J'ai dessiné une femme dos au mur face à un terrain envahi par les mauvaises herbes.

— Ta maison n'avait qu'un seul mur ?

— Elle en avait quatre, nos cris ont écroulé les autres.

— Vous étiez donc des pauvres !

Je m'étais vue hochant la tête au lieu de lui expliquer que nous l'étions en tendresse seulement.

Notre conversation racontée à ses copines me valut la compassion d'une mère dotée d'une âme charitable. Elle m'attrapa à la sortie des classes pour me dire que je pouvais compter sur l'aide du Secours aux peuples déshérités, un organisme dont elle faisait partie, pour assurer un vrai logement à ma mère qui vivait dans une ruine.

Mie, une orpheline de cinq ans. Moi, orpheline à cinquante ans.

Elle est en deuil de son père et elle ne le sait pas. Je suis en deuil de ma mère et je suis inconsolable.

Je la revois surtout à la tombée de la nuit, de toutes les nuits, assise dans le cercle de la lampe à pétrole confectionnant des choses avec des restes de tissus ou de fils auxquelles elle donnera un nom plus tard en hésitant sur leur finalité. Devenue méfiante depuis qu'elle crut semer des graines de capucine en bordure des orties, le printemps venu, elle se trouva devant un rang de camomille.

Plantée dans ma page telle une fleur de champ, ma mère repousse dans chaque chapitre, dans une odeur de terre remuée, un magma de boue et de feuilles pourries, repoussera tous les ans tant que mes mots l'habilleront jusqu'au jour où elle mourra, faute d'encre, mon cahier devenant sa deuxième tombe, la première ombragée par un mûrier mâle au nord de mon pays, au nord de tous les pays, tourne le dos à une cascade bruyante.

Cascade si haute qu'elle semblait prendre racine dans le ciel. Les veuves s'y recueillaient au crépuscule. Leurs appels à leurs défunts leur revenaient doublés de leur écho. Les morts leur répondaient à travers les interstices de l'eau.

Elles retournaient chez elles convaincues d'avoir été écoutées, déplaçaient avec lenteur des ustensiles de cuisine qui laissaient sur leur passage des traînées de suie pareilles à des larmes noires. Les veuves du village maternel portaient les vêtements de leurs époux les quarante premiers jours du deuil. La coutume le voulait. Trop amples pour leurs épaules étroites, usés par la sueur, ces vêtements induisaient en erreur l'étranger qui les prenait pour des épouvantails. Elles descendaient la pente menant au fleuve en file indienne, sautant les mêmes ruisseaux, piétinant la même caillasse, leur souffle saccadé mêlé à celui des arbres fouettés par le vent.

Je prends le bateau, annonçait à ses voisines la veuve d'un métayer avant de se rendre à son champ, et elle chevauchait son âne à cru, le poil rêche de la bête piquant une chair palpitante de désir inassouvi qui la faisait se lever la nuit pour s'adonner à des tâches ménagères réservées aux hommes : réparer une haie écroulée, déterrer un arbre pour le replanter ailleurs, ou nettoyer le poulailler après avoir chassé à coups de balai la volaille endormie.

Un fil invisible relie ces femmes à Mie qui me demandait sans cesse de les lui raconter.

— Toutes avaient un âne ?
— Les riches seulement, et celles qui en avaient les moyens.
— C'est quoi les moyens ? et qu'est-ce qu'ils mangent leurs ânes ?
— Du foin.
— Elles aussi mangeaient du foin ?
— Du pain, voyons.
— Du pain avec du foin, s'entêtait-elle.

Puis cette conclusion d'une voix plus basse que le reste.

— Toi, tu fais ton pain avec tes brouillons. Tu manges du papier.

J'ignore si ces pages deviendront un livre, si mes conversations avec Mie sont utiles pour le déroulement de l'action et si je n'ai pas intérêt à mieux raconter le village maternel, préciser qu'à part les veuves et les chèvres qui dévoraient tout ce qui tombait sous leurs maxillaires, il y avait le poète enterré dans l'excavation d'un rocher qui surplombe le village. Khalil Gibran, auteur du fameux *Prophète* best-seller en Amérique, était revenu se faire enterrer dans le bois où il jouait enfant.

L'institutrice du village qui n'était autre que la sœur de la mère enseignait-elle Gibran à ses élèves ? Rien ne le dit. Sa propre maison transformée en école, elle ânonnait l'alphabet avec les petites pendant que les moyennes suaient sur une dictée et que les grandes multipliaient en s'appuyant sur leurs dix doigts. Des filles nubiles avant l'âge, elles arrivaient le matin, une bûche à la main, et se mariaient une fois le certificat d'études en poche. Ma tante les poursuivait jusque dans leur domicile et leur verger pour compléter leur éducation. Un panier de légumes à leurs pieds, un dernier-né dans les bras, elles nommaient dans l'ordre les rois de France, les fleuves de France ainsi que le nombre des habitants de ce pays qui gouverna jadis le leur, incapables de nommer le moindre fleuve de leur propre pays, ou de savoir le nombre exact de ses habitants. Un nombre fluctuant, il se rétrécissait après chaque génocide perpétré par une communauté sur l'autre et les départs vers d'autres continents, ils gagnaient leur vie en tant que colporteurs, maçons, marchands de grain et d'épices.

Debout sur une terre rocailleuse, ou assises, un bébé tétant leur sein, je retrouvais été après été mes anciennes camarades de jeux, lourdes de grossesses répétées, courant entre âtre et poulailler, ramassant les branches cassées par le vent, les enfournant d'une main preste sous des marmites vêtues de suie, faisant bouillir tout ce qui poussait sur leur lopin de terre, tout en faisant la chasse aux oiseaux picoreurs de figues et de raisins, aux coyotes voleurs de poules et de lapins et surtout aux serpents qui se faufilaient par les lézardes des murs à la recherche d'un peu de lait et de fraîcheur.

Marianne, Jeanne, Adèle, Odette, Rose, aux noms venus de France dont elles ne comprenaient ni l'origine ni la signification, prennent mes pages au passage comme un retardataire le train, s'y installent pour un court laps de temps, me demandent de mettre de belles répliques dans leur bouche, d'écrire leur prénom en majuscules, s'inquiètent sur mon sort étant donné que je n'ai ni marmite ni lopin de terre à cultiver. "Tu arrives à gagner ta vie avec tes livres ?" me demande l'une. "Ecrire des histoires nécessite moins d'efforts que bêcher un potager, planter des légumes, faire sécher sa récolte de maïs sur le toit, qu'accoucher, allaiter, le plus longtemps possible pour se protéger d'une nouvelle grossesse ?"

En quels termes leur expliquer la transe qui s'empare de moi face à la page qui se remplit de mots tombant dans un bruit nu, parfois lentement comme pluie fine, ou comme pluies torrentielles de décembre sans savoir où ils ont pris leur source. Mots issus de familles différentes, mais qui font bon ménage ensemble parce que nourris des mêmes réalités, mensonges et hallucinations. Comment faire comprendre à ces femmes pétries de quotidien qu'écrire la vie est parfois plus palpitant que de la vivre et qu'il suffit d'ouvrir un livre pour que les personnages qui le peuplent quittent les pages et se mêlent aux passants ? Comment convaincre ces fillettes vieillies avant l'âge, aux mains calleuses à force de casser des branches, nourries de pain dur et de fruits âpres en temps de disette, ces raccommodeuses de nuit dont un simple aboiement de chien fait vaciller la flamme de la lampe, que la lumière chez moi s'obtient par la simple pression du doigt sur un commutateur ?

Penchée par-dessus mon épaule, mon analphabète de mère dirige ma plume comme bon lui semble. Elle n'a que faire de son village et de ses habitants. Elle préfère que je lui raconte comment elle est morte, sa mémoire lui ayant fait défaut dès qu'elle entra en agonie. Elle se souvient de ce qui avait précédé quand son fils l'avait bousculée sans raison puis précipitée à terre, brisant son épaule, et qu'une écharde d'os se mit à naviguer dans ses veines jusqu'au cœur. C'est tout ce dont elle se souvient.

Accroupie sur le sol froid de ma terrasse, face à la masse compacte des arbres du bois, j'ai pleuré ce jour-là, comme on aboie, celle qui gisait quatre mille kilomètres plus loin sur un lit d'asile. Une nuit échevelée, le vent faisait frémir les châtaigniers, leur ombre oscillante sur la façade des immeubles ressemblait à l'aiguille d'un métronome géant. Armée d'un revolver, j'aurais pu tuer à travers la Méditerranée le fou qui avait assassiné sans le savoir sa mère. La seule personne au monde qui ne l'avait pas rejeté, la seule qu'il aurait pu étreindre s'il avait des bras capables d'étreindre et une bouche capable d'embrasser. Son retour dans la famille après vingt ans d'absence fit de la mère et du fils un couple fusionnel. Elle lui donnait la becquée pour qu'il accepte de manger, lui racontait des histoires pour qu'il s'endorme en douceur. Leurs dialogues pris sur le vif n'obéissaient à aucune logique. Elle se mettait au diapason de celui qui finit par prendre l'asile psychiatrique pour un centre de vacances et les fous pour des touristes.

— Crois-tu que nous sommes pauvres ? lui demanda-t-il un jour qu'elle se plaignait de la raideur de l'escalier.

— Nous sommes plutôt chrétiens, fut sa réponse. Ou :

— Tiens ! il y a de la musique chez les voisins, ça doit leur coûter cher.

— Ils sont forcés. La musique fait fuir les cafards.

Ils discutaient de tout sauf de la guerre qui les encerclait et qui se déroulait sous leurs fenêtres, jusqu'au jour où un obus emporta la cage de l'escalier, les laissant seuls, penchés sur le vide, pareils à deux macaques sur une branche de cocotier.

Seuls dans l'immeuble déserté par les autres locataires, le bras de la mère agitant nuit et jour une serviette de cuisine par ce qui fut une fenêtre, sa voix appelant ce qu'elle croyait être une ambulance alors qu'il s'agissait d'un char de combat, jusqu'au jour où, ne pouvant plus tenir sur ses jambes affaiblies, elle rampa en direction de son fils qui lui donna l'ordre suivant :

— Lève-toi et marche, comme dans les Evangiles alors qu'il n'avait rien d'un Christ et que sa mère était loin d'être Lazare.

Le fou irresponsable devenait protecteur face à plus faible que lui.

Même réaction six mois plus tard lorsqu'il la bouscula. La voyant inanimée, il s'était accroupi auprès d'elle, avait lissé ses cheveux, puis appelé pour on ne sait quelles raisons "Alice" comme celle au pays des merveilles, peut-être à cause de la montre paternelle qu'il s'était appropriée après le décès de celui-ci et qui peut-être lui rappelait le lapin qui donna l'heure à Alice.

Arrêtée depuis des années sur la même heure, cette montre devait lui donner l'impression de reprendre le temps que lui vola son père en l'envoyant chez les fous, approuvant les séances d'électrochocs, même une lobotomie à la suite de sa troisième fuite.

Ses retours indésirables à la maison où personne ne l'attendait nous écrasaient. Les murs l'avaient oublié, pas les voisins qui se signaient à sa vue. Un étranger là où il allait.

Mauvais fils, mauvais frère, mauvais poète, il me supplie de lui ouvrir mes pages pour qu'il s'explique, puis change d'avis, dit qu'il étoufferait entre un verbe et un complément. A bien réfléchir, il préfère que je l'oublie, les morts harcelés ont du mal à se libérer de leur corps qui continue à les lanciner telle la jambe absente d'un amputé.

— Oublie que tu avais un frère puisqu'il n'est plus de ce monde, et cette maison entourée d'orties étant donné que tu vis dans un beau quartier.

Comment lui faire comprendre que je suis un écrivain paresseux ? Je ne me documente pas, ni ne prends des notes, ni n'écoute les conversations dans les cafés. Ce que j'appelle mes romans est écrit impulsivement comme on crie. Je couds tel un patchwork des morceaux de ma vie, fais de mes amis des personnages. Tant pis pour ceux qui se reconnaissent. Mon écriture ne va pas au-delà de ma peau et des maisons que j'ai habitées. Jamais de plan. J'ignore où je vais. Pas de lieu fixe pour écrire. Je le fais n'importe où, en n'importe quelle position : couchée, debout, en touillant le contenu d'une casserole, ou jardinant : la chasse aux limaces ou l'élagage d'un rosier requièrent la même attention que la correction d'un texte, que la course derrière la poussière.

Souvent, la mère faisait son ménage en pleine nuit, tirant les meubles, empilant les chaises sur les tables, lavant à grande eau savonneuse un sol vomisseur de boue. Le tapis de la salle de séjour, frappé à grands coups de bâton sur la rambarde d'une fenêtre, dégageait une poussière qui faisait éternuer tous les chats du quartier.

Dimanche : jour de repos de la mère et du Seigneur. Elle s'épilait les sourcils, portait sa robe gris perle rétrécie par les lessives, la rehaussait d'un camée en ivoire piqué entre les seins, affrontait le miroir oublié le reste de la semaine. Deux touches de rouge sur la lèvre supérieure, deux autres sur la lèvre inférieure. Les quatre petits cercles jamais étalés lui donnant une bouche de geisha pudibonde, elle allumait une cigarette qui faute d'être secouée finissait par pleurer sa cendre sur l'évier où la mère préparait son broc de limonade pour les cousines qui venaient de loin, du centre-ville où elles gagnaient leur vie à la sueur de leur aiguille.

Quatre cousettes se relayaient à leur Singer comme timoniers au gouvernail d'un navire. Leur quatrième étage surplombait le tramway dont les

18

passages faisaient frissonner le faux cristal du lustre et le miroir à pied devant lequel défilait une riche clientèle de citadines. C'est de leur balcon que j'ai découvert l'absence de rails dans notre quartier périphérique et vu pour la première fois un cadavre. L'adolescent vêtu de loques renversé par le camion ramasseur d'ordures ménagères fut jeté sur ces dernières, son corps balancé par deux balayeurs une fois sa mort constatée. Image qui me poursuit depuis un demi-siècle, me plie en deux chaque fois que j'y pense : le cadavre assimilé à un tas d'ordures.

Les quatre sœurs arrivaient avec des gâteaux sur lesquels nous nous jetions, sauterelles sur un champ de coton, engloutissant trois ou quatre à la fois. Leurs jambes gainées de soie enjambaient avec méfiance les orties alignées sur leur parcours. Mais il suffisait d'un bas filé pour les entendre jurer de ne plus revenir.

Vingt ans de vie dans la capitale n'avaient pas réussi à baisser la tonalité de leur voix. La cascade de leur village devait continuer à gronder dans leur tête pour qu'elles parlent si haut. Les quatre sœurs en même temps, faisant fi des voisins qui refermaient leurs fenêtres, aucune n'écoutant l'autre, aucune ne répondant à la question de l'autre, les quatre formulant pourtant le même souci : celui des inscriptions funéraires non encore exécutées par un graveur payé d'avance sur la tombe de leur mère, pour la bonne raison que personne ne connaissait sa date de naissance.

"Née dans la semaine qui précéda la grande neige", affirmait le garde champêtre. "Quand le gouverneur ottoman fit pendre quarante maronites d'un coup", croyait se souvenir le maire. "Le même jour que moi", clamait le mendiant de la place.

Mais il ignorait sa propre date de naissance. Elles devenaient moins volubiles à l'approche du soir, parlaient moins vite, divulguaient le secret qui cimentait leur vie.

Secret connu de la mère et de personne d'autre. Les quatre ayant eu, à tour de rôle, une liaison avec le même homme, un riche émigré portant le nom d'Hercule. Elles se l'étaient refilé comme une bobine de fil, de l'aînée à la cadette. Hercule au teint olivâtre, aux dents qui se chevauchaient telles branches de rosier caduc, avare de son argent mais généreux de ses caresses, faisant jouir sans abîmer. Elles disaient émigré, et nous autres enfants pensions migrateur et assimilions l'amant communautaire à une hirondelle.

— C'est quoi le masculin d'hirondelle ? demandait la petite sœur.

— Hirondeau.

— Le féminin de corbeau, corbelle, de moineau, moinelle…

Les voix des cousines baissant avec le jour, nous les entendions chuchoter après avoir vociféré. Jamais la moindre dispute au sujet d'Hercule, mais un simple désaccord lorsque l'aînée le qualifia une fois d'ingrat. La favorite du moment lui conseilla de lui rendre ses cadeaux qu'elle énuméra dans l'ordre : six mouchoirs de soie brodés à ses initiales, une paire de sandales à talons compensés, un flacon de parfum Fabergé et un poudrier Tokalon.

— Et dis-toi que c'est toi qu'il a aimée le plus, parce qu'aimée la première. Je l'ai vu de mes yeux laver ta culotte rouge.

— Parce que j'ai une culotte rouge ? s'étrangla celle-ci.

— Tu en avais, usée à force d'être enlevée.

L'amertume pinçait deux lèvres, le rire réprimé élargissait six autres. La mère fit une digression en proposant une lecture du marc de café. Des prévisions collectives pour gagner du temps. Elles les partageront une fois de retour chez elles.

— Des gens vous aiment, d'autres vous détestent. Dites *inchallah*, récitait-elle d'un ton inspiré.

— *Inchallah*, répétait le quatuor d'une même voix.

— Vous recevrez une bonne nouvelle, suivie d'une mauvaise nouvelle, dites *inchallah*.

— *Inchallah*, balbutiaient deux bouches sur quatre.

— Une fortune vous viendra de là où vous vous y attendez le moins.

Les mains frappaient les poitrines avec ferveur. On aurait dit les gongs d'un monastère tibétain.

Et Hercule ? Etonnant qu'il fût absent des quatre tasses.

A la fois tristes et déçues, elles repartaient dans la nuit en tempêtant contre les orties qui s'accrochaient à leurs mollets.

— Ce ne sont pas les ouvriers qui manquent. Il faudra les faire arracher, lançaient-elles avant de disparaître derrière le muret.

La mère hochait la tête puis s'adossait au chambranle de la porte comme si son corps était devenu subitement lourd à porter. Avec quel argent paierait-elle l'arracheur d'orties ? Ses cousines n'ignoraient pourtant pas qu'elle ne faisait appel à aucune main étrangère pour le ménage, la lessive, les robes à raccourcir ou à allonger. Nous grandissions si vite. La mère souhaitait simplement des journées plus longues : trente-six heures au lieu de vingt-quatre pour mener à bien toutes ses tâches. Les orties pouvaient attendre.

Avant d'être happées par la rue, les cousines s'étaient retournées une fois, pour proposer à la mère d'améliorer son quotidien en faisant des ourlets, pour pouvoir s'offrir une bonne à domicile et peut-être un nouveau manteau. Elle fit non de la tête. Elle était incapable de donner son assiette à laver, incapable de soulever ses pieds devant une serpillière maniée par d'autres mains que les siennes. Les domestiques, c'était pour les autres, celles aux jambes gainées de soie, juchées sur des talons hauts, non pour elle qui vivait à ras du sol, à ras de son portefeuille.

La mère gardait la maison dans l'obscurité après le départ de ses cousines, n'allumait qu'au plus opaque de la nuit quand nous le réclamions avec insistance. L'obscurité étant propice à la réflexion, elle devait se demander si sa vie aurait été meilleure dans son village entre prairies et cascades que face au bitume, épouse d'un militaire voué aux déménagements. L'idée qu'il allait bientôt arriver, faire crisser le gravier de l'allée sous ses bottes, s'attabler pour dîner, puis rabrouer son fils, lui donnait envie de disparaître. Elle s'imaginait morte, allongée sur le lit de cuivre face au miroir, devenant par conséquent deux mortes dormant tête-bêche, s'apitoyait sur elle-même, essayait de se pleurer, mais ne réussissait qu'à éternuer, accusait le pollen du grenadier et parfois les orties.

Pas de temps prévu pour les regrets, elle se secouait. La cuisine l'attendait avec son monceau d'assiettes sales qu'elle lavait de préférence dans le noir, la vaisselle ordinaire assimilée à de la fine porcelaine dans l'obscurité.

Soumise au même rituel et aux mêmes gestes utilitaires, la mère se révolta une seule et unique fois. Au lieu de préparer le potage du soir, elle décrocha son manteau et un parapluie alors qu'il ne pleuvait pas et annonça qu'elle partait.

— Je m'en vais pour toujours, cria-t-elle du seuil, ses yeux hallucinés fixant la rue qui avait emporté ses cousines.

Immobile sous son parapluie ouvert, elle regarda l'asphalte et les rares passants visibles entre deux pans de mur avant de s'ébrouer comme prête à s'envoler. Un moment d'hésitation, puis la voilà retraversant le seuil vers l'intérieur, ôtant son manteau comme on arrache une peau morte, l'accrochant avec le parapluie au même clou, allumant la lampe à pétrole, remontant la mèche, divisant sans le savoir la salle de séjour en deux zones : la table et la toile cirée dans la zone obscure, le canapé et les chaises dans celle éclairée. Adossées aux murs, les chaises évoquaient une maison en deuil, chaque siège attendant un visiteur avec ses mots de compassion.

Comment expliquer cette unique tentative de tout quitter et pour quelles raisons avait-elle changé d'avis ? Aurait-elle vu dans les nuages qui s'enfuyaient la cohorte de cousines plantées dans le cimetière du village ? Quatre adolescentes tuées par la tuberculose après avoir été éloignées de la maison, installées dans un cabanon loin des regards, où elles pouvaient cracher leurs poumons sans se donner en spectacle.

Parties dans la même année, trois mois d'intervalle entre les cercueils aux couvercles ouverts, les mortes exhibées après avoir été cachées, visibles des seuls cyprès se relayant jusqu'à la grille du cimetière qui s'ouvrait dans un gémissement si long que la cascade arrêtait son vacarme pour la durée de l'inhumation.

Disparues du paysage, Odette, Adèle, Marie et Alice faisaient irruption dans les rêves maternels à travers une grille d'eau. L'état de délabrement de leurs vêtements leur faisant probablement honte pour qu'elles ne la franchissent jamais.

Pourquoi hantaient-elles le sommeil de leur cousine, jamais celui de leurs père, mère, frère ? S'attendaient-elles à ce qu'elle leur tendît une main secourable, sachant qu'elle n'aurait pas su où les loger et surtout pas pu se faire comprendre d'elles ; les morts, personne ne l'ignore, sont sourds et peu loquaces, aussi sourds qu'une marmite, qu'une louche, que les seaux qui repêchent les âmes égarées du fond des puits, comme ils le pensent là-bas.

Je dis là-bas mais pense là-haut, où les légendes sont plus crédibles que la réalité, les rumeurs plus tangibles que la vérité, la voix des bergers s'interpellant de colline en colline plus fiable que celle de deux personnes assises sur un même banc.

Penchée au-dessus de mon épaule, la mère me traite de scandaleuse.

— Quel besoin de raconter à des étrangers les cousines poitrinaires et surtout les autres qui se partageaient le même amant ? Ecrire son nom noir sur blanc va les blesser à mort. Retrouve la page, remplace Hercule par Jupiter ou par Apollon, fais sauter les points et les virgules, ouvre la voie à d'autres personnages de meilleure moralité et qui n'ont rien à se reprocher : à ma sœur qui a sacrifié sa vie pour des idiots qui lui tournaient le dos une fois leur certificat d'études en poche et la bague au doigt. Leurs grossesses devaient peser sur leur cerveau d'oiseau pour qu'elles oublient si vite les tables de multiplication et la conjugaison des verbes appris pendant des années.

Autre conseil : écris des choses plus gaies. Tu te complais dans les descriptions morbides. Pas de vie dans tes pages. Aucune ne mousse. Aucune ne saute au plafond. Elles rampent.

Dire que je la croyais inculte. Mon analphabète de mère me donne des leçons d'écriture. Une question : y a-t-il une école dans l'autre monde ? Et y a-t-il de bons élèves et de mauvais élèves ?

— Et comment sais-tu pour les points et les virgules ? je lui demande sans me retourner.

— C'est simple ! J'ai lu, est la réponse d'un ton évident.

Moi qui croyais qu'elle ne lisait que dans le marc de café.

Alignées sur le bord de l'évier, ses tasses de la journée annonçaient départs, changements, voyages alors que sa vie était aussi fixe qu'un lierre attaché au même mur.

La même immobilité planait sur ses rêves qu'elle nous racontait tous les matins et qui démarraient invariablement sur une prairie : "Alors que je traversais une prairie…", récitait-elle d'un ton inspiré. Nous pouffions de rire dans nos mains, certains de connaître la suite. Casanière et si solitaire, elle se méfiait de tout ce qui dépassait son seuil et qu'elle ne pouvait maîtriser : la chute des feuilles, la grêle, le froid. L'hiver le voulait ainsi que sa tendance à l'enfermement sur soi et à la frugalité. Les jours venteux, elle nous donnait du papier et un crayon pour dessiner la mer de mémoire, disait-elle alors qu'elle aurait dû dire d'imagination, étant donné que nous ne nous étions jamais aventurés jusqu'aux plages.

Nous faisions un geste de la main aux autres enfants qui, sac au dos, se rendaient à l'école. Un geste d'au revoir mais aussi d'incompréhension de ce qui nous arrivait. Interdiction de sortir, le vent pouvait nous emporter par-delà les toits. Elle seule pouvait tenir tête à la tempête, affronter l'orage, faire taire la pluie. Je la vois grimpant l'échelle brinquebalante, ramassant le linge humide, le pliant d'un claquement sec comme pour faire fuir le vent et l'obliger à rebrousser chemin vers le littoral où nous ne mettions jamais les pieds, imitant les femmes de son village qui croient que le claquement d'un drap fait fuir chacals et coyotes.

Distante, un rien hautaine, la mère ne frayait pas avec ses voisines. Je l'ai vue une seule fois discuter avec Mme Rose des allées et venues chez une locataire de l'immeuble d'en face, une rouquine entre deux âges et deux divorces. Adossées sur le manche de leur balai, les deux vertueuses fixaient d'un œil désapprobateur la maison du péché, ce qui échappait à l'une aussitôt rattrapé par l'autre, puis ce "Beuh" dédaigneux quand la séductrice apparut à sa fenêtre en déshabillé vaporeux alors qu'il était midi, ses seins neigeux appuyés sur la rambarde, faisant un signe d'adieu à son dernier visiteur.

— Rien que des étrangers, persifla Mme Rose.
— A quoi le savez-vous ? s'étonna la mère.
— A leur teint lisse, ils doivent se laver tous les jours. Je me connais en hommes, plus ils se lavent plus ils paient.

La mère, qui ne voyait pas le rapport, était sûre d'une chose. Les clients de la voisine devaient venir de très loin pour s'essuyer les semelles si longuement sur le paillasson.

— Peut-être viennent-ils d'Australie, suggéra-t-elle.

Hypothèse balayée d'une main tavelée. Seul le fait de savoir par quelle filière ils avaient abouti là intéressait Mme Rose.

Et c'était d'un ton pincé qu'elle expliqua que le fait de gagner sa vie à la sueur de ce qu'on sait est à la portée de tout le monde, même des plus pauvres.

Déclaration suivie d'un coup de balai rageur. Sa colère dispersée en poussière, elle rentra chez elle sans son balai qu'elle adossa au poulailler, alors que notre prudente mère emporta le sien dans sa cuisine. La mère faisait plus confiance à son balai, à sa serpillière et à ses casseroles qu'aux murs qui se dégradaient d'année en année, qu'aux orties qui gagnaient du terrain, s'approchaient de la porte, nous regardaient à travers les fenêtres, prêtes à nous envahir au moindre signe de faiblesse de notre part, pousser les meubles, s'attabler autour de la toile cirée, avaler le contenu des assiettes, leurs sombres têtes dentelées bougeant comme têtes de serpents.

Mère infatigable, digne descendante d'une lignée de paysannes œuvrant tant que le jour était jour, tant que la nuit permettait aux yeux de discerner entre lentille et caillou. Seul le sommeil pouvait arrêter les mains qui lavaient, cousaient, taillaient, épluchaient, pétrissaient, berçaient. Un sommeil aussi vertigineux qu'une pierre lancée dans un puits. Mains qui résistaient à l'hiver, à la douleur, même aux morsures des serpents qu'elles piétinaient de leurs pieds nus.

Paysannes et dames à la fois maîtrisant toutes choses, sauf leur peur face à l'autocar, une invention du diable, créé pour humilier le cheval et son cousin l'âne. Elles ne le prenaient qu'en cas de grande nécessité : perte soudaine d'un proche en ville ou vente d'une récolte sans passer par des intermédiaires. Sinon tout se soignait sur place, par la patience et les prières. Les agonies écourtées par l'enlèvement de l'image du Sacré-Cœur face au lit du mourant, les hémorragies par une décoction de chicorée, les grossesses indésirables à l'aide d'une aiguille à tricoter enfoncée dans la cavité du ventre. J'ai calqué ma vie sur la leur dans ce quartier périphérique de Paris. La plume dans une main, une cuillère dans l'autre, je touille un potage et corrige un texte en même temps, désherbe une plate-bande tout en cherchant la chute d'un poème, pique un drap tout en renouant le dialogue entre les personnages d'un roman en chantier. Ma table de travail face à mon jardin, j'écris tout en surveillant l'avancée d'un escargot friand de mes plantes aromatiques. L'utile et l'agréable poussent côte à côte. Roses et romarins, bégonia et basilic, menthe et myrte, persil et passiflore. Armée d'un râteau ou d'un crayon je fais la guerre aux adjectifs et aux vers adipeux, élague une page, arrache des orties, arrose et replante même dans mes rêves. Le matin me trouve aussi épuisée qu'un champ labouré par une herse rouillée. Prose et poésie s'imbriquent dans mes pages. Chèvrefeuille et volubilis s'entortillent sur mon mur, jusqu'à ne plus savoir où commence le poème, où s'arrête le jardin.

La haie de thuyas devenue une masse sombre, je rentre suivie de mes chattes. Deux langues roses lapent le pâté dans l'écuelle pendant que je prépare le potage. Les vapeurs s'échappant de la casserole dessinent un visage sans traits, celui de l'homme aimé, mort après neuf ans de mariage. Je le reconnais à ses contours et tourne en cercles clos pour l'empêcher de se disperser. La fatigue s'emparant de mon bras, le visage s'éparpille, gouttelettes froides sur le mur de l'évier. Le mort qui s'est condensé deviendra gel l'hiver venu.

Trop de morts attachés à mes pas. J'essaie d'éviter leurs regards désapprobateurs. Je n'ai rien fait pour sauver l'un de la maladie, l'autre de la folie ou de la guerre.

Honte à moi de n'avoir pu prolonger la vie de mon mari, de ne pas m'être opposée aux infirmiers qui traînaient mon frère vers l'ambulance de l'hôpital psychiatrique. La honte de son retour dans une maison désertée par ses habitants. La famille ayant fui la guerre, personne ne le reconnut. Qui étaient ces étrangers qui le fixaient avec méfiance ? A qui appartenait cette maison qui ne lui disait plus rien ? Réintégrée par instinct comme le cheval son écurie. Son cerveau embrouillé avait retenu un seul détail : la rue qui la longeait descendait en pente abrupte vers la mer.

— Ma'man ? demanda-t-il en deux temps, alors que sa mère n'était plus de ce monde.

"Ma'man" en deux syllabes séparées par un hoquet, ses yeux fixant le bout de chaussures trop larges, appartenant probablement à un autre fou, rentré chez lui pieds nus.

— Ma'man, pour la troisième fois, alors que sa mère a quitté depuis longtemps ma page. Qu'as-tu fait des poèmes que je t'ai confiés avant mon départ pour l'asile ?

— Ne répète plus jamais le mot "asile" devant moi, répond la mère par ma bouche. Tu oublies que j'ai trois filles à marier. Tes sœurs me resteraient sur les bras si on apprenait que tu étais là-bas. Bizarre de demander des poèmes écrits il y a plus de vingt ans. Tiens ce crayon. Tu vas m'en écrire de nouveaux, sans ratures et sans gribouillage, moins compliqués que les précédents. Ecris à la troisième personne du singulier pour que les voisins ne te reconnaissent pas, au présent pour faire table rase du passé.

Deux morts rancuniers discutent dans ma tête pendant que le soleil s'obscurcit. L'ombre des châtaigniers sur le gazon est devenue de plomb. Des gouttes espacées de pluie criblent mon front. "Qui parle là-haut ?" je crie le visage tourné vers les nuages. Il faisait si doux il y a un moment. Evoquer des morts insatisfaits suffit-il pour apporter le mauvais temps ?

— Dessinez la mer, ordonnait la mère chaque fois qu'il pleuvait et que nous devenions aussi bruyants qu'une ruche d'abeilles.

Je dessinais une eau debout comme la cascade du village. La mer de ma petite sœur était bordée de deux berges. Quelqu'un lui avait expliqué que la mer à l'origine était un fleuve qui s'était élargi avec le temps. On y a ajouté du sel comme dans un potage. Esquisses rangées par la mère dans une ancienne boîte à pain. Elles finiront mangées par les fourmis avec le semis des miettes.

Le crépuscule la rendait triste, sa couleur aigre-douce la renvoyait à sa propre réalité. Elle se sentait aussi désemparée que les poissons du bassin de Mme Rose, aussi seule que la branche du grenadier adossé au mur de la cuisine, aussi lourde que la gouttière qui partageait sa rouille avec le sol. Le regard tourné vers le nord et ce village visible des seuls rapaces, elle effaçait les toits de la ville, éteignait les réverbères, sourde au bruit des klaxons pour s'accrocher à une touffe de genêts, à la ligne basse des maisons modestes, indifférente à la respiration de l'asphalte, aux cris des volets gonflés par l'humidité, aux pleurs d'un enfant en mal de sommeil.

A l'écoute d'une cascade imaginaire et des cris des coyotes rampant vers les poulaillers, humant à pleines narines l'odeur de la volaille, la mère joignait sa voix à celles des femmes s'interpellant de terrasse en terrasse, leurs bras agitant des tisonniers pour faire fuir les prédateurs.

Le goutte-à-goutte d'un robinet mal fermé la ramenait vers nous. Elle quittait la nuit extérieure pour la nuit intérieure, ses mains, allumant la lampe, aplatissaient d'un coup la grisaille, la couchaient sur le sol en béton alors que le sol des maisons de son village était en terre battue, pour mieux écouter la respiration des morts avides de confidences, celle des sources et les gesticulations des vents souterrains.

Souvent, quand le soleil balayait d'un dernier geste la façade de la maison, s'élevait d'on ne savait où un air pareil aux chants funéraires de son village. Les notes solubles dans l'air broyaient le cœur de la mère qui courait vers la fenêtre, prête à les suivre, puis s'arrêtait à la vue des barreaux. Prisonnière de trois lignes horizontales, d'autant de lignes verticales, elle ne donnait plus suite à son désir de connaître le visage du musicien. Clouée au sol, elle attendait le retour du refrain, certaine de mourir sans l'avoir rencontré et sans avoir revu son village, ni réentendu l'air qui la relançait soir après soir.

Le joueur de roseau, était-ce un musicien de rue ? un enfant studieux apprenant une partition pour flûte ? La réponse vint de Mme Rose qui se plaignit de l'indélicatesse d'un étranger qui imposait sa musique à tout le quartier. Contrairement aux suppositions maternelles, il ne venait pas des montagnes du Nord mais du Sud, chassé de Palestine par la tuerie de son village, Deir Yassine. Squattant l'appartement d'émigrés partis pour l'Australie, il fut rejoint une semaine plus tard par sa famille. Une femme et quatre enfants firent irruption tôt un matin, dans un vacarme de roues. Ils devaient être pauvres pour avoir pris une charrette et pas un camion. Ils devaient être trop démunis pour n'avoir emporté que trois matelas ficelés par une cordelette, autant de casseroles et une armoire aussi crasseuse qu'un poulailler. Leur arrivée dans cette rue calme juchée sur les hauteurs de la ville suscita la méfiance des parents et des enfants. Pourquoi avaient-ils choisi ce quartier et pas un autre ? Pourquoi s'étaient-ils séparés des autres réfugiés groupés dans les faubourgs de la capitale ?

Nous fîmes connaissance avec leurs enfants sur le terrain vague. Leurs garçons tapèrent dans nos ballons. Leurs filles essayèrent de nous arracher nos poupées. Une matinée avait suffi pour décréter que nous étions ennemis. Au lieu de nous les rendre sympathiques, leur malheur les écartait de nous. Les disputes entre enfants adoptées par les grands, nos mères traitèrent la leur de mendiante et de voleuse. Nous étions mesquins, avares de notre territoire, pareils aux chiens qui marquent le leur par un jet d'urine. Ils n'avaient qu'à retourner chez eux, dans leur village détruit par les bulldozers israéliens, à l'ombre de leurs oliviers arrachés par les soldats israéliens, sur la tombe de leurs compatriotes fusillés, dos au mur, réintégrer leurs maisons occupées par des juifs venus d'Occident.

Seule la mère ne prenait pas part aux querelles. Dans ses veines coulait le sang d'ancêtres chassés de leurs terres, pourchassés par des hordes venues d'Asie et qui trouvèrent refuge sur les hauteurs, loin du littoral. C'est bien plus tard, les barbares ayant quitté le pays, qu'ils tracèrent les premiers sentiers devenus routes carrossables avec le temps.

La mère faisait défiler ses ancêtres comme on feuillette un livre d'images. Leurs noms difficiles à prononcer évoquaient : fuites devant les Ottomans, les sauterelles, et la sécheresse. Ils allaient de village en village, enfants et volaille serrés dans un même balluchon, se convertissaient à l'islam pour ne pas avoir la tête tranchée, devenaient druzes quand le vent les poussait vers l'ouest. Quel dialecte fut le leur avant de s'être implantés sur leur montagne avec leurs chèvres, leur Evangile et cet alphabet dont ils exprimaient les sons mais pas l'écriture ?

Leur parler final, mélange d'araméen, d'arabe et de syriaque, est aussi brutal qu'un bruit de pierres malaxées. La mère pensait-elle aux femmes qui l'avaient précédée quand le grenadier saignait sur notre palier un sang aussi noir que le sien, le mensuel, soigné avec des herbes, de peur de gaspiller l'argent du ménage en consultation chez le médecin alors que cet argent pouvait améliorer le quotidien du fils enfermé avec les fous ?

Le soir, de retour de l'école, je la situais au bruit des assiettes qu'elle déplaçait avec précision comme elle le faisait jadis des ciseaux et pinces à l'hôpital où elle travailla, trois ans durant, comme aide-soignante, puis comme infirmière, puis comme anesthésiste. Progression fulgurante malgré l'absence de diplômes, car seul l'acharnement au travail comptait à l'époque. De ces années épuisantes, elle fit sa provision de souvenirs modestes devenus glorieux avec le temps.

A l'entendre, c'était elle et personne d'autre qu'on avait choisie pour reconstituer le squelette d'une jeune paysanne druze exhumé après vingt ans de séjour sous terre. Les circonstances de sa mort n'auraient pas été élucidées si sa mère, lors d'une dispute avec son fils et sa belle-fille, n'avait accusé celui-ci de vouloir la tuer après avoir assassiné sa sœur. Ses cris ameutèrent les voisins et les gendarmes. Son fils avait menti, la jeune fille n'était pas morte d'une fièvre typhoïde mais sous les coups de sa machette. Il voulait s'approprier tout l'héritage. D'où l'enterrement de nuit alors que son sang n'avait pas encore séché sur sa robe. Un enterrement sans témoins, le fils creusait, la mère l'éclairait de sa lanterne.

— Elle ment, protesta le fils, la vérité est plus terrible. Ma sœur était enceinte d'un inconnu. J'ai lavé l'honneur de la famille dans son sang.

Un substitut de la République assista à l'autopsie puis à la reconstitution du squelette apporté dans un sac de jute. La cage thoracique reconstruite, le médecin légiste aidé de la mère s'attaqua au bassin, le grand révélateur, de son écartement on pouvait déduire s'il y avait eu grossesse. Or les os pelviens n'accusaient aucun écart. La salle désertée, la mère resta seule face au tas d'ossements. Elle pleura celle dont elle ne connaissait pas le visage, mais les cheveux seulement, torsadés en une natte épaisse trouvée au fond du sac, la mère la glissa derrière l'occiput après l'avoir débarrassée de sa poussière.

Mère de rien du tout, importante dans ses seuls souvenirs puisés dans un hôpital de pauvres où elle enchaînait le jour à la nuit, toujours prête à calmer une douleur, soigner des escarres, accompagner une agonie, refermer des paupières mortes, jusqu'au jour où elle rencontra le moine hospitalisé pour une péritonite. Opéré, sauvé, il tomba amoureux de son infirmière, se défroqua, l'épousa, lui fit quatre enfants, trahissant la confiance de pauvres moines qui lui avaient payé des études de théologie à Rome pour qu'il enseigne un jour chez eux. Devenu déserteur, le soldat de Dieu fut pourchassé pendant des années par un vieux moine qui le retrouvait de ville en ville et de caserne en caserne. Sa silhouette noire se dessinant dans l'ouverture de nos portes, il exigeait des explications, prêt à accepter une rédemption et le retour du père à la vie monastique.

— Qu'il revienne au couvent et nous effacerons l'ardoise, tonnait-il de sa voix coléreuse.

— Et qui nourrira ses enfants ? vociférait la mère.

— Dieu n'abandonne pas les siens, répondait-il dans sa barbe.

Les mains sur les hanches, la femme du défroqué lançait un défi au ciel :

— Hé toi là-haut, il paraît que tu paieras dorénavant les scolarités, les vêtements et le pain.

La soutane noire prenant la fuite laissait derrière elle une furie et une vieille colère venue de l'enfer.

Le vieillard ayant disparu, le père sortait de sa cachette et ingurgitait un broc d'eau entier pour se remettre de ses émotions.

Une question : pourquoi n'affronta-t-il jamais son ancien supérieur, laissant ce rôle ingrat à sa femme qui s'en vengeait à la première occasion, lui reprochait d'avoir volé le pain du couvent, abusé de la confiance de pauvres moines ?

— Dessinez la mer, répétait-elle quand son cœur s'étrécissait aux dimensions d'une noix. La mer vue de notre toit étant grise nous prenions des crayons à mine, jamais de couleurs. Nous dessinions des maisons l'hiver quand elle nous interdisait de sortir, comme si la pluie pouvait balafrer nos visages, la grêle les trouer et que le vent allait nous emporter vers ces plages où nous n'allions jamais ; même quand toute la ville y déferlait fuyant une canicule poisseuse qui cramait murs et plantes.

— Dessine une maison, j'ai demandé il y a plusieurs années à Mie qui s'ennuyait.

Et elle dessina un jardin avec quatre canards.

Quatre canards, la mère et ses trois canetons, échappés du lac de Boulogne, avaient fait irruption la veille dans notre jardinet. Ils marchaient en file indienne par ordre de taille. Mes chattes attendirent leur départ pour aller renifler leurs traces sur le gazon. Elles revinrent une plume en travers de leur museau, fières de leur butin. J'ai croisé les quatre fugitifs, le même après-midi, non loin du bassin de Chaillot. Maman Canette arrêta le trafic pour traverser la chaussée et payer à ses petits un tour de manège.

Deux policiers cherchant des canards familiers du bois de Boulogne sonnaient le lendemain à ma porte.

— Des volailles fichées, avaient-ils précisé.

Moi qui croyais que seuls les cambrioleurs et les violeurs l'étaient. Craignant des complications, j'ai dit n'avoir rien remarqué. Ils n'insistèrent pas mais me firent comprendre qu'ils reviendraient.

L'histoire des canards qui font du tourisme dans Paris a fait le tour de mes amis. Parue dans *Le Canard enchaîné*, elle fut analysée par un psy familier des chaînes de télévision.

— Les volailles, expliqua-t-il, n'ont entrepris ce voyage que par désir de connaître les hommes. Mais ce désir, si on y pense vraiment, n'est qu'une aspiration à la solitude. Parce que dès lors qu'elles les auront rencontrés, une sorte d'orgueil les poussera à nier tout point commun avec eux.

Le peintre chilien M. avait une autre explication. Normal que la canette soit venue chez moi pour se plumer. Elle a dû savoir que je suis arabe et que les femmes de mon pays vont au hammam pour se faire épiler.

Mon jeune mari n'a pas connu mon jardin en bordure du Bois, ni l'appartement qui le longe. Il n'a pas connu mes chattes non plus. Mort un an avant mon déménagement vers ce quartier périphérique, visible des seuls châtaigniers. La dernière année dans la maison endeuillée fut si cruelle. La mort collait aux murs. La neige les entourait, il fit quinze degrés au-dessous de zéro cet hiver-là. La place d'Iéna, vue de mes fenêtres, ressemblait à la Bérézina. Les volets s'arrachaient aux embrasures et gesticulaient dans le vent. Les canalisations éclataient et déversaient leur contenu d'eau saumâtre. Par les fenêtres mal refermées s'engouffraient les dernières feuilles mortes, elles s'entassaient dans les angles. Dans le placard, les costumes du mort se gonflaient d'une présence invisible. Mon doux mari habité par un vent furieux.

Tout se détériorait autour de moi. La maison voulait suivre son maître, se suicidait. Mie à l'école, je me réfugiais dans un café, toujours à la même table collée à la vitre.

Etait-ce un mercredi ou un jeudi quand je t'ai vu traverser la place dans ma direction ? L'air soucieux, tu m'as fait signe pour que je te rejoigne à l'extérieur. J'étais pétrifiée. Au bonheur de te retrouver s'ajoutait la peur d'être l'objet d'une hallucination. Mais tu insistais. Le temps que je me précipite vers la sortie, tu avais disparu. La mare d'eau sur le trottoir était-ce toi, devenu flaque de pluie ?

Je revins le lendemain à la même heure et te trouvai assis à la table que j'occupais la veille. Depuis combien de temps m'attendais-tu ?

Je pris place à ta droite, dos à la vitre, en prenant soin de ne pas faire grincer ma chaise pour ne pas t'effaroucher. Je me taisais, consciente que tu devais parler en premier.

Pourquoi cet air épuisé alors que rien dans ton apparence ne dénotait le moindre délabrement ou laisser-aller ? Briqué comme un sou neuf, surhabillé dans ton costume de soie étrenné pour tes funérailles, tu évitais de me regarder, ton attention allait à l'arbrisseau du trottoir. Tu n'as rien commandé au garçon, d'ailleurs celui-ci ignora ta présence. Tes lèvres palpitaient comme prêtes à parler mais n'arrivaient à exprimer aucun son. On aurait dit une télévision dont on aurait coupé le son.

— As-tu quelque chose à me dire ?

Tu as secoué la tête dans les deux sens : un oui ponctué d'un non. Consciente que le moindre silence pourrait t'engloutir telle une trappe, je t'ai parlé de Mie.

— Ne te fais pas de souci pour elle, dis-je. Elle n'a que six ans et finira par attraper le bon bout de la vie. Elle ignore que tu es…

Tu m'as arrêtée d'un geste de la main, tu t'effriterais comme un mauvais plâtre si jamais je prononçais le mot "mort".

Cherchant à dissiper le malaise, j'ai parlé de moi, de la difficulté de vivre sans toi.

— Tu m'emmènes dans ce pays puis tu le quittes. J'y suis une étrangère. Je m'en rends compte à la lecture des pages nécrologiques du journal : des noms qui ne me disent rien. Pas un seul ami ou connaissance. Personne dont j'aurais entendu parler. J'applaudis des deux mains quand je tombe sur un mort plus jeune que toi. Savoir que tu n'es pas le seul "prématuré" me console. Il m'arrive d'appeler la rédaction pour réclamer des dates de naissance non mentionnées. Mon voisin de palier, le vieux M. Boilevent, se fait du mauvais sang pour moi depuis qu'il m'a vue courir dans la rue en chemise de nuit et brandir mon Prozac et autres antidépresseurs à la face de la contractuelle qui tournait autour de ma voiture. Six PV en trois jours. Il m'a même vue l'inviter à relever le numéro de la plaque minéralogique inscrite sur mon postérieur.

Folle, je deviens de plus en plus folle et fais exprès d'enfreindre les lois. J'évite de traverser dans les clous et gambade entre les voitures, libre comme les chèvres de mon village. Fâchée avec la langue française depuis que tu n'es plus là. Je m'adresse aux autres en arabe, ma vraie langue. La boulangère, une Normande pure souche, fait des yeux gros comme des soucoupes. Le facteur malgache remballe les sommations d'huissier pour insultes à agent dans l'exercice de ses fonctions. Je leur fais peur. Les menaces de saisies et mises en demeure, je les accueille les bras levés vers le ciel où tu es censé être. Je t'appelle à l'aide alors que je ferais mieux de consulter un avocat ou un fiscaliste.

Maudite voiture, maudit permis de conduire obtenu d'une manière si malhonnête. Le Liban de l'époque croulait sous les malversations. Les voyous faisaient la loi. Tout s'achetait, les consciences en premier. Un certain Artine Asmar terrorisait les petits commerçants. Il surgissait arme au poing – "La caisse ou la vie !" –, s'emparait du contenu de la première, vidait son chargeur dans la tête de l'homme. Voyant mon désespoir après cinq échecs, un ami, général dans l'armée, m'assura de son appui pour le prochain examen et tint parole. Accompagnée par un jeune homme venu de sa part, mon arrivée sur les lieux, une ancienne carrière éloignée de la ville, fit grande impression ce jour-là. L'examinateur, jadis si revêche avec moi, applaudissait toutes mes erreurs. L'épreuve finale du code, qualifiée d'"oral", réduite en deux questions :

— D'où connaissez-vous Artine Asmar ?
— Je ne connais pas Artine Asmar, j'ai répondu de bonne foi.
— Pourquoi alors êtes-vous venue avec lui ?

Nos deux visages cachés derrière les pages, il m'avait conseillé de rentrer par mes propres moyens à Beyrouth.

— Sinon il va vous violer puis vous assassiner.

Artine ne m'avait ni violée ni assassinée. Grâce à lui je peux parcourir les rues de Paris, une main sur le volant, un pied sur l'embrayage, une quantité de PV épinglés sur mon pare-brise.

Assise à la même table de café, scrutant le même rai de lumière à travers la vitre, je te demande d'éloigner les contractuelles de ma voiture, qu'elles démissionnent en vrac, qu'elles deviennent des femmes au foyer, des gentilles ménagères. Puis cette phrase lourde de reproches, dite d'un ton amer :

— Je sais que tu n'en feras rien. D'ailleurs tu n'as rien fait depuis ton départ pour faciliter ma vie.

— Je ne le pouvais pas, ripostes-tu sincère. Tant de changements en si peu de temps. Les pieds dans un monde, mes pensées dans l'autre. J'étais dissocié. Je devais me rassembler pour pouvoir t'entendre. Je t'aidais indirectement. C'est moi qui avais soufflé au facteur malgache de remballer la mise en demeure, moi qui ai retardé la saisie de ta voiture pour non-paiement de PV. Moi qui ai mis le peintre M. sur ton chemin.

J'étais interloquée. Jamais imaginé qu'un mort puisse embaucher un amoureux pour sa veuve.

Rencontré chez un ami collectionneur d'art moderne, M. se déclara séduit par mon désespoir cosmique, c'étaient ses propres termes. Il me conseilla d'enlever la robe noire qui empêchait ses radiations de pénétrer dans ma peau et de venir nue chez lui où il expliquerait à mes seins et à mon ventre comment pleurer de plaisir.

Partagée entre l'indignation et l'amusement, j'avais décliné l'offre généreuse.

— Tant pis, fit-il, vous ne connaîtrez jamais le raz-de-marée consolateur.

Nous nous sommes retrouvés dans son atelier quelque temps après. Il m'avait demandé de poser. Le front barré par une ride soucieuse, il semblait prendre à cœur son travail. Grande déception quand, ses crayons rangés, il m'invita à découvrir la merveille. La Martienne nantie d'antennes métalliques, était-ce moi, et que faisais-je avec le scaphandrier et la licorne qui s'embrassaient dans un angle du feuillet ? Et pourquoi m'avait-il demandé de poser alors que son dessin était dans sa seule tête ?

Le scaphandrier, la Martienne et la licorne couraient dans mon sommeil, me poursuivaient, me devançaient, me mettaient en garde contre le vieillard fantasque qui transforme les êtres et les choses par un trait de crayon, moque les valeurs, tourne en dérision les peines d'autrui. Je les sentais derrière moi, leurs pas pareils à un galop, mi-hommes mi-bêtes, leurs sabots raclant l'asphalte. Comment éviter qu'ils repèrent ma rue et mon immeuble ? Leur apparition dans l'embrasure de la porte terroriserait Mie qui n'a jamais rien vu de pareil. Mi-hommes mi-bêtes bons pour cohabiter avec les statues africaines répandues dans les trois étages de l'hôtel particulier de M. à garder son entrée avec leurs frères jumeaux taillés dans le bronze. Les personnages dessinés par M. ont un avantage sur nous, ils ne vieillissent pas, ne travaillent pas, ne meurent pas, mais copulent : une femme à tête de chèvre s'ouvre à un Martien, une autre à tête d'oie est assise à califourchon sur un homme réduit à un sexe.

De retour de chez M. après m'être empli les yeux de ses toiles, après l'avoir entendu discourir, le poème s'écrivait tout seul, se posait sur ma page comme mots attrapés dans l'air. Je l'enfermais dans un classeur, le relisais des mois après et me rendais compte que le premier vers venait de lui. Les mots de M. Outils contondants nécessaires pour forer l'écriture et atteindre la source. Les mots, sa passion après les couleurs. Il les maniait comme un artificier, manipulait leurs significations jusqu'à l'émiettement de leur sens, qu'ils deviennent compréhensibles par lui seul.

Chez M. je faisais ma provision de mots et de folie.

Il disait :

— L'eau est la méditation de la terre.

— Sa pensée intime divulguée au grand jour, j'enchaînais aussitôt.

Il disait :

— Le premier alphabet était de pierre.

— Les consonnes portaient des vêtements rêches, les voyelles étaient nues, je répondais de mon côté.

Nous jouions au plus fou, au plus cinglé, au plus halluciné. Nos rires devaient intriguer l'épouse terrée dans son bureau du rez-de-chaussée.

Arrivé de son Chili natal dans une Espagne au bord de l'éclatement, il connut Dalí qui le présenta à García Lorca, avant qu'il ne reparte pour Paris où il travailla avec Le Corbusier avant de se consacrer entièrement à la peinture. Chrétien par habitude, converti au communisme par amour de Castro et de l'humanité souffrante, il rejetait le titre de peintre malgré une œuvre d'une grande richesse exposée dans tous les musées du monde, se définissait comme architecte de l'espace, ou comme personne n'ayant jamais existé, inventée de toutes pièces et qu'il serait heureux de rencontrer un jour. La folie est-elle contagieuse ? Je m'emmitouflais dans ses délires comme dans un drap chaud et traversais Paris sur un nuage, sourde aux avertissements de ma mère qui me rappelait chaque fois que je lui téléphonais que j'étais à la fois divorcée et veuve, que je ne pourrais pas tenir dans ce pays qui n'est pas le mien, avec tous ces gens qui ne parlent pas ma langue. Pas un seul cousin, oncle ou neveu.

— Retourne chez toi, tu y trouveras tendresse et compassion même en pleine guerre.

La voix de ma mère me parvenait à travers les explosions.

La carte de Paris étalée sous mes yeux, je me rends compte, des années après leur disparition, que M. et mon mari étaient voisins, mais ne se connaissaient pas. Le laboratoire du deuxième distant de cent mètres de l'hôtel particulier du premier. Connaissant la passion de son médecin pour l'art contemporain et ses liens avec les Miró, Chillida, Tàpies à travers la famille Maeght, Cioran, un habitué du laboratoire, promettait à chacune de ses visites de les présenter l'un à l'autre, mais ne le fit jamais. Parti trop tôt, mon jeune mari n'a jamais franchi le seuil de l'hôtel particulier de M. ni connu les sculptures en bronze qui accueillent le visiteur de leurs yeux vides. Le soir, lorsqu'il faisait sa promenade habituelle le long des quais, il devait regarder les fenêtres aux volets fermés avec l'espoir de voir apparaître le visage du vieux peintre.

Son désir de le rencontrer l'a-t-il suivi dans l'autre monde jusqu'au point de l'avoir réuni avec sa femme ? Lors d'un thé face à la cheminée où flambait un feu qui éclairait par intermittence les faces cruelles des statues africaines, M. se rappela avoir entendu parler du jeune médecin fou de peinture et qui ne faisait pas payer les artistes.

M. dit avoir connu Cioran par hasard, le lendemain de son retour en France après son séjour américain. Voulant montrer à sa femme de l'époque l'hôtel où il vécut quand il était pauvre, il frappa à la porte de son ancienne chambre. L'inconnu qui lui ouvrit n'était autre que Cioran. Ils se retrouvèrent chez Michaux et devinrent amis. Cioran, disait M., racontait les histoires les plus drôles et les plus lugubres à la fois. Lorsqu'il fut atteint de la maladie d'Alzheimer sur ses vieux jours, sa femme ne voulut plus de lui chez elle et le plaça dans une maison de santé où M. allait le voir. Cioran le suppliait de le ramener chez lui.

"Mort seul et malheureux à l'image de ce qu'il écrivait."

M. discourait véhément contre le monde de l'art qui consacre les médiocres, contre les critiques d'art et leurs frères en ignorance, les critiques littéraires et les faux poètes.

— Les vrais ne se font pas éditer, ne lisent pas leurs poèmes en public, ne débattent pas autour d'une table, refusent les prix qui sont de la bouillie pour chiens.

Je baissais la tête honteuse d'avoir publié, reçu des prix et lu mes poèmes dans des médiathèques en France et à l'étranger. Bon public, soumise à ses diktats, si injustes, si farfelus fussent-ils, je l'applaudissais en riant aux larmes. Il parlait avec violence, m'aimait avec violence malgré son cœur malade. Haletant, au bord de l'évanouissement, à croire qu'il sortait d'un ring, pas d'un lit, il me reprochait de susciter ses désirs, me reprochait ma passivité, de me laisser aimer les yeux fermés, à l'écoute de cette même phrase "J'aime une morte, j'aime une morte" qu'il répétait comme un refrain.

La douleur à la poitrine jugulée, son cœur, ayant repris sa place entre ses poumons, il prenait la décision de m'aimer de loin, de chasser le désir à coups de bâton, de le casser, et il tapait le mur avec sa canne. Il parlait comme on court, comme on cavale. Je l'écoutais nullement étonnée de voir un cheval faire irruption dans la pièce.

Mélangeant à quantités égales le vrai et le faux, il disait que son arrière-grand-père qui émigra au Chili fut préfet et bandit à la fois, qu'il représenta la France sur ses terres désolées à moins qu'il n'y fût exilé. Son nom de famille changeait d'un jour à l'autre, le plus courant venait des tarots : de la carte du Mat ou du Fou.

Il disait fou et je voyais ses mots se transformer en pierres, casser les vitres des maisons endormies, réveiller les gens tranquilles. Assis sur son siège africain, l'allure d'un monarque exilé, réclamé par ses sujets par-delà deux continents et autant d'océans, M. recevait amis et admirateurs. Il avait besoin d'un public pour s'exalter et planer haut. Il décrivait à grands traits rapides, les mêmes que pour peindre, ses amis de l'époque surréaliste. Picasso l'a accouché en le décidant à abandonner l'architecture pour la peinture. Breton lui a mis le pied à l'étrier en lui demandant d'illustrer les *Chants de Maldoror*. Etant anticlérical, il avait choisi le chapitre où Dieu oublie un de ses poils dans une maison de passe. Son admiration allait en premier à Marcel Duchamp, l'homme-clé du mouvement surréaliste.

— Mais qu'il était difficile de prendre au sérieux avec son nom de garçon coiffeur, concluait-il.

— Pourquoi as-tu choisi M. pour me consoler, pas quelqu'un de moins fantasque ? je demande à l'homme invisible assis à ma table.

Il a du mal à me répondre, puis s'ébroue du même geste que le pigeon visible à travers la vitre.

— Parce qu'il a mieux que quiconque dessiné le silence, est sa réponse balbutiée par mes lèvres.

— N'es-tu pas jaloux de lui ?

— J'ai l'essentiel, mon empreinte sur ton corps. Sait-il que nous étions voisins ? et qu'a-t-il dit ?

— Qu'il a bien fait de ne pas te confier son sang, tu aurais découvert qu'il allait devenir mon amant.

Tu fais semblant de n'avoir rien entendu et fixes la vitre.

Tant de chagrin dans ce mur de verre qui vient de s'obscurcir.

Le soleil, présent il y a un moment, vient d'être englouti par un gros nuage.

— Il aurait découvert que j'allais te baiser, avait dit M.

Voyant mon regard douloureux, il s'était excusé.

— Tu sais bien que je ne suis pas un enfant de chœur, mais de queue.

Ce qu'il appelait queue était l'élément-clé de ses toiles où érotisme et premiers balbutiements de vie sur la planète étaient fusionnels. Pan joue de la flûte avec son sexe. Le centaure est nanti d'un appendice nasal en forme de pénis. Les attributs sexuels transcendés devenant ponts pour rapprocher les êtres.

J'ai mis des années pour les comprendre. Pour les apprécier.

J'aimais le paganisme de M., non ses toiles.

Prolixe, étourdissant d'inventions et d'humour, il parlait jusqu'à épuisement de son cœur malade. Je le quittais pour qu'il cesse de parler, pour calmer son cœur pris de soubresauts, soigné avec des gouttes de Trinitrine.

Arrivée sur le seuil, il me donnait jour après jour le même conseil :

— Quitte cet appartement habité par un mort, viens habiter là, et il se frappait la poitrine jusqu'au sang.

— J'y penserai, je répondais sans réfléchir, sachant que nos vies étaient ailleurs. Que nous ne faisions que nous consoler, moi de mon veuvage, lui de son vieil âge.

J'y penserai quand je te croirai mort pour de bon, je dis au rai à travers la vitre. Car je continue à t'attendre, à guetter ton pas dans l'escalier, ta clé dans la serrure. Il y a une semaine, lors d'un colloque au fin fond de l'Italie, tu es passé à côté de moi sans t'arrêter. Même front dégarni, mêmes sourcils et cet air de bonhomie visible à travers les lunettes. C'était toi mais avec des cheveux blancs. Incapable d'avouer que je m'étais trompée, j'ai trouvé normal que tu aies blanchi après tant d'années. Il y a deux ans, dans un vieux caravansérail au cœur d'Alep, tu visitais les lieux en compagnie d'une jeune femme. Ton regard balayait le plafond, ton bras enserrait sa taille. Tu étais si concentré que je n'ai pas osé t'aborder. Tu t'étais tourné vers elle à un moment donné puis avais plaqué un baiser sur ses

47

cheveux. Mon cri t'avait fait sursauter. J'ai tant de fois imaginé ton retour que j'en connais le déroulement dans ses moindres détails : je te prendrai par la main, t'enfermerai loin des regards curieux, recollerai tes débris, raccommoderai les déchirures de ta peau. Redevenu présentable, je t'offrirai un nouveau costume, les anciens je les ai tous donnés à Pierre, ton ami d'enfance. Le rayé gris et blanc lui allait comme un gant dans *La Chute* de Camus. Le dos tourné au public, il devenait toi et je t'applaudissais, t'applaudissais. J'ai assisté à toutes les représentations dans l'attente de la scène finale quand tu t'éloignes puis disparais dans les coulisses.

Camus prête ses phrases à Pierre qui te prête sa silhouette. Camus tant aimé de Catherine épouse de Pierre. Fâchée avec le théâtre après l'accident qui lui coûta la vie, celle qui fut une inoubliable Antigone, une déchirante Phèdre, revint sur scène grâce à Pierre. Pierre parti à son tour, il y a un an, elle interrompit les répétitions d'une pièce qu'elle devait jouer au théâtre de la Colline. Nous dînons souvent dans ma cuisine. Dîners de veuves. Les assiettes repoussées, nous étalons vos photos à la manière d'un tarot et faisons des commentaires.

Pierre et toi en samouraïs féroces, un couteau entre les dents, Pierre et toi en premiers communiants. Nous vous prêtons des facéties, discutons d'une réplique attribuée à l'un alors qu'elle est de l'autre, pouvant même n'être d'aucun de vous deux. Nous nous disputons même, chacune campant sur ses positions comme si une simple plaisanterie pouvait vous ramener à la vie.

"Quand on aime, on remplit la bouche de l'autre avec ses propres mots", m'avait écrit M. au dos d'un dessin envoyé de sa résidence d'été.

Des lèvres de ses personnages sortaient des répliques que je n'arrivais pas à déchiffrer. Des années plus tard, sa fille Fédérica, une peintre étonnante doublée d'une poétesse, les a décryptés.

"Homme-moi, demande un Martien à une licorne rose." Puis :

"Août pour que vive mon feu", "Nous étions à la façon de la nuit : propagation de la ferveur". "Tu es le voilier du cœur".

Puis cette phrase sibylline : "Je te traduirai le tout en octobre, de préférence avec des gestes."

— Soulève ta robe pour que je puisse me rappeler comment tu étais, me dira-t-il des années plus tard, quand âge et maladie le cloueront face à la cheminée ou aux toiles géantes peintes quand il pouvait se tenir debout sur l'échafaudage.

De là où je me tenais j'avais vue sur le boulevard. Assis sur le trottoir avec son chien, un mendiant tendait sa main aux passants qui l'ignoraient.

— Je suis un mendiant avec la seule différence que je n'ai pas de chien, sa voix grondait de colère.

Soudain radouci, il m'avait demandé de ne plus revenir à l'atelier :

— Nous nous verrons chez elle la prochaine fois.

"Elle", c'était sa femme. Il n'en parlait jamais et me donnait sans cesse l'impression qu'il était libre.

Sa vie privée était un sujet tabou. Il ne parlait jamais de ses jumeaux nés de son mariage avec une Américaine, morts à quelques mois d'intervalle, le premier d'une chute du cinquième étage d'un immeuble new-yorkais, le second de chagrin. Les deux frères étaient fusionnels, il n'évoquait jamais les mères de ses autres enfants, les femmes pour lui étaient de passage, oiseaux migrateurs, cigognes laissant leurs œufs dans un nid avant de s'envoler vers un autre.

"Nous nous verrons chez elle dorénavant", cette phrase dans sa bouche m'avait soulevée de mon siège. La porte ouverte, j'ai descendu les trois étages en courant. Penché au-dessus de la rambarde, M. hurlait mon nom avec rage et j'avais l'impression que ce nom qui retentissait sur chaque marche n'était plus le mien.

Je partais le lendemain pour ma maison du Midi, l'été allait mettre de l'ordre dans mes pensées. Loin de Paris et de la tentation de le rejoindre dans son atelier, je comprendrais que ce qui existait entre nous n'était qu'une fuite devant le deuil.

Mon nom lancé avec la même rage, un mois après, dans l'air de l'Esterel. M. debout devant une Rolls rutilante et un chauffeur en livrée m'ordonne de descendre, on nous attend à Saint-Paul-de-Vence. Voyant que je ne comprends pas, il m'explique qu'il est l'hôte au cap Ferrat d'un milliardaire italien qui lui a prêté sa voiture pour me retrouver.

— Impossible, je crie de mon balcon. Ma fille est malade. J'attends le médecin.

— Tu descends quand même.

— C'est à toi de monter.

— Descends ou je démolis l'immeuble, rugit-il furieux et il frappe le mur avec sa canne.

— On ne quitte pas un enfant malade.

— Les enfants se gardent tout seuls.

Puis cette dernière menace, dite d'une voix plus basse.

— Je vais cesser de t'aimer.

Avant de s'engouffrer dans la voiture et de repartir.

Cesser de m'aimer signifie qu'il m'aimait. J'en étais bouleversée. A la fois heureuse et triste, d'une tristesse sans bornes.

Le mur est toujours à sa place. De M. qui ne peut plus être furieux là où il est, je garde ce portrait qu'il fit de moi le lendemain. Un corps balafré de traits rouges, un visage tordu.

"C'était toi", écrit au verso comme si j'étais morte.

L'automne nous réunit de nouveau "chez sa femme" cette fois. Debout face aux toiles géantes couvrant toute la hauteur du mur, je le regardais travailler des heures durant juché sur un échafaudage à deux mètres du sol. Sous mon regard se déroulaient les fragments d'un monde qu'il était seul à voir, donnant forme à l'informe, accentuant ou effaçant ce qui surgissait pour en faire quelque chose de reconnaissable par lui seul, par moi lorsqu'il consentait à m'expliquer.

Un jour, alors que j'avais assisté la veille à l'ébauche d'une toile, j'ai déploré l'absence du blanc qui entourait un enchevêtrement de lianes. Le noir qui l'avait remplacé aveuglait les formes.

— Tu n'as qu'à remettre du blanc, fit-il en me tendant le pinceau.

Me voyant interdite, il m'avait houspillée.

— Vas-y. On dirait que tu as peur.

La longue coulée blanche due à mes doigts, je l'ai vue à travers un brouillard de sueur. Mes yeux transpiraient. Qui étais-je pour retoucher ce que le génial vieillard avait créé ?

Pourquoi cette angoisse inexplicable quand je le voyais peindre alors que la responsabilité du tableau n'incombait qu'à lui ? Etait-ce dû à sa main qui virevoltait rapide, traçant des courbes alors que ses premiers tableaux, mes préférés, ceux imprégnés de son travail d'architecte à l'étude de Le Corbusier, faisaient la part belle aux lignes droites ? Main que j'aurais aimé voir intégrée au tableau, faire partie des choses éternelles, tant sa mort pouvant survenir d'un jour à l'autre me semblait injuste. Que cette main survive au corps voué à la détérioration.

Du rez-de-chaussée nous parvenait la voix de l'épouse discutant avec des musées ou des galeristes, ne vivant que pour lui, gérant sa carrière, le portant à bout de bras, trophée regagné tous les matins à force de labeur et de vigilance. Son pas, un étage plus bas, m'enfonçait dans un sentiment de culpabilité difficile à expliquer. Je profitais du savoir de M., de sa créativité alors que celle qui s'épuisait à la tâche était oubliée. Il devait sentir ma gêne pour me tendre un crayon et une page arrachée à un cahier et me donner l'ordre de dessiner n'importe quoi : une maison, un arbre, la mer comme le faisait notre mère quand enfants nous devenions trop bruyants.

La voix de l'épouse continuait à tonner dans mes oreilles même quand elle arrêtait de discuter ou de faire des remontrances à une domestique qui ne se défendait jamais. Ses remontrances m'étaient adressées, telle était mon impression. Ses cris venaient de mon enfance, de la maison aux orties. Je me tassais comme prise en faute. Un nuage noir traversait mes yeux.

Habitué aux changements brutaux, M. essayait de me faire rire, ignorant que ma tristesse était aussi vieille que le monde et que la caresse furtive sur ma joue, comme celle qu'on prodigue à un chat, ne pouvait l'effacer. La moindre dispute entre deux personnes, qu'elle se déroule chez moi ou dans la rue, et je revoyais nos anciens voisins alignés derrière la fenêtre, leurs seaux d'eau prêts à éteindre l'incendie courant à même le sol trempé de pétrole, couvert de bris de lampe alors que l'incendie réel était dans nos bouches qui lançaient leur haine au père à califourchon au-dessus de son fils pour le ficeler de la tête aux pieds.

"Je vais t'enterrer vivant", répétait-il, et sa menace survole plusieurs pays avant d'atterrir dans mes oreilles pour les meurtrir de nouveau. Mon cancre de frère transformé en momie. Arracher ses viscères, vider son crâne, le farcir de myrrhe et de benjoin en aurait peut-être fait l'égal d'un pharaon. Akhenaton quand il avait son âge devait lui aussi ignorer s'il fallait diviser ou multiplier la vitesse de deux trains venus de deux points opposés et qui devaient se rencontrer dans un lieu voulu par Dieu et par la SNCF.

Jouant les médiateurs nuit après nuit, les voisins après maintes tractations arrivaient à transformer l'enterrement en extradition. Le garçon âgé de onze ans qui avait peur de l'obscurité et des orties passait le reste de la nuit allongé le long du seuil scrutant la densité des ténèbres et la variation de leur couleur du noir opaque au gris clair.

Il lui arrivait de gratter les volets comme chat rejeté par ses maîtres, mais tout le monde dormait. Le père en particulier du sommeil du juste.

La voix redoutée du père relayée, trente ans après, par celle de l'épouse qui subit ma présence entre ses murs. Voix sans visage, je l'imaginais vieille alors qu'elle était sa cadette de vingt ans, je l'imaginais d'un physique ordinaire alors qu'elle était distinguée. Elle me suivait du regard, à travers l'entrebâillement d'une porte du rez-de-chaussée, quand je montais vers l'atelier. Un regard qui me transperçait. Je me maudissais et en voulais à M. de m'imposer chez elle. "Viens prendre une tasse de thé." Impensable de désobéir. J'annulais mes engagements et courais vers cet immeuble balayé par le souffle glacial de la Seine. Le corps plaqué contre le portail, je sonnais, impatiente qu'on m'ouvrît.

L'épouse connue pour sa méfiance de tout étranger fermait l'œil sur moi. Elle l'entourait d'êtres sélectionnés en fonction de leur importance et de leur utilité. Je fondais à la moindre preuve d'amitié de sa part. Que je sois acceptée par elle le rendait heureux. Au fond de lui, M. rêvait d'un harem, avec des femmes jeunes l'entourant de toutes parts, des artistes de préférence.

"Nous aurions pu faire la même chose si celle-là était plus intelligente." Trop tard pour ravaler sa phrase. J'étais statufiée et m'en voulais de m'être extasiée sur le savoir-faire d'un ami commun, un grand scénariste qui se partageait équitablement entre sa femme et sa jeune maîtresse. Accroupie à ses pieds pour lui soumettre des photocopies, celle qu'il désigna par le terme "celle-là" fit la sourde oreille. Peut-être n'avait-elle pas entendu.

Traverser la Seine pour rentrer chez moi me faisait toujours l'effet de changer de pays et de personnalité. Le pont d'Iéna franchi, je redevenais une veuve et Mie une orpheline.

M. et sa femme cessaient d'un coup de faire partie de mes pensées. "Ceux qui meurent ne font plus partie de mes amis", avait-il déclaré un jour devant des visiteurs. Aucun ne le prit au sérieux. Désir d'étonner, de choquer ? Quelqu'un mit ses propos sur le compte de la pleine lune qui lui faisait tenir des discours fous mais d'une grande intensité poétique, libérés de toute morale, de tous les concepts en vigueur.

Au cours d'une promenade dans le bois de Boulogne, je l'ai vu jeter des pierres sur les pierres, shooter dans le tas comme un footballeur, après m'avoir confié sa canne. Les cailloux touchés s'égaillaient comme des lézards effrayés. Sa folie étant contagieuse, de retour chez moi, et voyant mes deux persanes, le museau levé vers un châtaignier bruyant de gazouillis, je pris un bâton et tapai de toutes mes forces jusqu'à renverser le nid. Les trois œufs tombés du ciel furent croqués en un clin d'œil sous le regard noir de la mère qui protestait sur sa branche.

Parti de ce monde une fois épuisé son appétit pour la vie, M. ne fera aucune apparition, ne sera l'objet d'aucune hallucination, contrairement à mon jeune mari resté sur sa faim, et qui ne cesse de rôder.
— En quels termes parle-t-on de moi depuis que je suis absent ? m'as-tu demandé dans un rêve.
— On précède ton nom du terme "feu".
— Tu sais ce qui te reste à faire : m'arroser avec un seau d'eau, l'amour voyage mieux sous terre que dans l'air, avait-il dit aussi.
Phrase cruelle mais si consolatrice. Mon cahier la trouve insoutenable et se referme dans un déclic pareil à celui du couvercle d'un cercueil. Un été caniculaire a succédé à l'hiver glacial. M. parti dans sa résidence en Toscane, je reviens dans le café où j'avais l'habitude de te retrouver ; planté à mi-chemin entre une boulangerie et une pharmacie, j'achète mon pain et fais ma provision de somnifères qui m'aident à traverser la nuit.

Trois jours à noircir des pages de mon écriture échevelée comme si les mots avaient traversé une tempête. Tu ne viens plus dans ce café que tu semblais aimer. Le rayon de soleil n'est porteur que de fines poussières. Pas de réponse à mes questions comme si tu n'étais nulle part. Démunie de toi, je ne suis plus un écrivain, mais une femme ordinaire comme ma mère, avec le même embarras face à un livre mais à l'aise devant une casserole ou des braises à éteindre ou à activer. J'écrivais tant qu'elle me dictait, tant que ma plume vomissait ses mots, tant que mes mots pouvaient te ramener à moi. A bien réfléchir, ton rayon me semble moins crédible qu'avant. Les petites *particules* qu'il draine ne portent pas ton odeur, ni ne dessinent tes traits, ni n'esquissent ta silhouette. Elles sont poussière sans plus. C'est mon visage que je vois à travers la vitre. Le silence partout dans le quartier, dans la rue désertée par les passants, dans mon jardin écrasé par la chaleur, même dans mon sommeil. Ce que je prenais pour tes appels à travers ma bouche endormie n'est que miaulements de chats, cris d'oiseaux nocturnes.

Réveillée en plein cauchemar, cette nuit. J'étais submergée de honte de ne t'avoir pas appelé, ne serait-ce qu'une fois, en Chine où tu partis, il y a vingt ans. Pourtant tu m'avais laissé un numéro de téléphone où te joindre, à Macao. Les yeux ouverts, je continuai à te croire là-bas et cherchais fébrilement le numéro écrit de ta main sur mon carnet de téléphone. Comment me faire pardonner mon oubli ? La honte me fit mordre mon doigt jusqu'au sang. Le matin aurait tout effacé s'il n'y avait cette incision sur mon index. Inhumain le silence du quartier ajouté au tien. Casser, faire du vacarme, produire du bruit est ma seule arme contre l'immobilité de l'air et celle du temps.

Un entrepreneur, ennemi des vacances en masse, me prête main-forte. Il trouve bizarre mon désir de recasser le carrelage de la cuisine refaite il y a deux ans, et de tout repeindre en couleur.

— Je croyais que vous aimiez le blanc ?

— Le blanc n'est pas une couleur. Le blanc c'est le néant, la mort.

Briser des dalles m'exalte. Le bruit du marteau faisant éclater la pierre efface ton silence. Repeindre, gommer les voix de ceux qui sont passés entre ces murs que tu n'as pas habités. Je vis au rythme des ouvriers et découvre l'ivresse du travail en équipe. Même geste pour préparer l'enduit ou une sauce. Je leur fais à manger, partage leurs repas, toque mon verre de vin contre le leur, fume leurs cigarettes avant de ramasser les gravats dans un sac que je traîne jusqu'à la déchetterie. Les coups de maillet sur le sol me donnent l'impression d'éventrer une tombe, de libérer un mort.

"Celui armé d'une plume vit avec les mots, celui armé d'une bêche vit avec un sillon", dit le proverbe.

Faute de sillon à labourer dans ce quartier résidentiel, je bêche mes plates-bandes et sème en vrac blé et luzerne, le contenu de deux sachets achetés chez le grainetier du coin. Habitués aux jardins à la française, aux massifs fleuris, mes voisins verront d'un mauvais œil mes trois épis de blé ondoyer sous leurs yeux. Peut-être me chasseront-ils de l'immeuble. Où aller ? A qui me plaindre sinon à plus modeste que moi, M. Boilevent, mon voisin de rez-de-chaussée et de palier ? Lui seul me comprendra. Ancien riche, appauvri par la chute vertigineuse du peso, revenu au pays natal "Gros-Jean comme devant", Boilevent se ramassa dans deux pièces après la hacienda de dix-huit pièces ouvertes sur un patio, devint son propre chauffeur, son propre maître d'hôtel et ses cinq domestiques dans une même peau, la sienne, devenue ample depuis que l'intérieur s'est rétréci. Il m'hébergera avec mes chattes, m'installera sur le canapé-lit face à ses trésors arrachés à la faillite : une Vierge basanée que les fumées des bougies ont sertie de moustaches de suie, et un saint Joseph arborant une barbe de conquistador espagnol.

Une réflexion s'impose : les vieux de Paris sont-ils d'une race différente de la nôtre ? Bien nourris donc gras, assis en position de lotus sur un canapé, entourés de soins et de petits-enfants, ils donnent leur main à embrasser. Assis à l'ombre d'un arbre, ils rendent leur salut aux passants. Nos vieillards vivent en famille contrairement à ceux d'ici, logés dans des asiles ou des studios, seuls avec un chat ou un chien, ou une télé faute de chat ou de chien. Frileux, racornis, ils trottinent le long des murs comme des rats, crèvent de chaleur l'été, sans que leurs voisins remarquent leur absence. L'odeur fétide de leur cadavre les fait découvrir des semaines après. A défaut d'enfants on appelle la police, les héritiers attendant dans l'ombre sans se manifester. La mairie du quartier paiera le fossoyeur, pas le fleuriste.

Boilevent grâce à moi et à mes deux persanes ne mourra pas seul. Nous sommes sa famille. C'est lui qui le dit. Salomé et Lulu sont couchées sur son testament. C'est encore lui qui le dit. Sa tête dans l'entrebâillement de la porte, il ne me propose pas son aide mais de me ménager, "sinon tu vas suivre ton pauvre mari". Il recule à la vue de mon visage enduit de poussière, l'ouvrier qui pose le dallage ne lui inspire pas confiance, basané comme il est. Boilevent parti, je me tourne vers le jardin, malaxe la terre riche en humus, arrose les fleurs qui se redressent et me remercient d'une inclinaison de la tête. La nuit me renvoie à l'intérieur où je retrouve mon cahier ouvert à la même page depuis des semaines. Est-ce la sueur de fatigue qui me dicte ?

Je salue bien bas la première phrase. Une paix suave imprègne mes doigts tachés de terre et d'encre. "Rien de tel que l'humus pour fertiliser un texte, m'avait écrit M. lors d'un séjour dans sa résidence d'été. Que deviens-tu sans moi ?"

"Je bêche, creuse jusqu'à entendre les morts me crier : «Arrête ton vacarme, laisse-nous dormir en paix»", lui répondis-je par retour du courrier.

"Où te retrouver ?" j'écris penchée sur mon cahier, sûre que tu es quelque part, peut-être chez moi sans que je m'en sois aperçue, ou dans une maison à l'intérieur d'une autre maison, entre des murs entourés d'autres murs, dans un visage contenu dans un autre visage. Je t'appelle et le vent s'arrête pour entendre ton nom d'une seule syllabe. Veux-tu savoir ce qu'est devenue la maison de l'Estérel où nous passions nos vacances ?

Achetée par une femme dotée de jambes capables de monter la pente, d'escalader les trente-six marches en pierre ; les miennes, épuisées de courir dans ta mort.

— Quel besoin d'habiter en bordure de mer alors que tu ne sais pas nager ? me lançait M. Quel besoin d'avoir vue sur les vagues, les bateaux qui passent sous tes fenêtres alors que tu leur tournes le dos, à regarder tout le temps la montagne.

Je leur tournais le dos pour mieux les décrire. C'est dans ma nature. J'aime et désire ce que je ne vois pas. Toi absent de ma vie, tu m'es devenu plus cher. *Exit* la mer après ton départ. Je l'ai remplacée par cent mètres de gazon : ma passion pour le jardinage née de mon veuvage pour les raisons que tu dois imaginer, et parce que la terre partage ton silence, que la mer n'est que bruit et vacarme. Un ami scientifique mondialement connu dit avoir inventé une boîte capable de recueillir les voix de tous ceux qui nous ont précédés sur la planète, qu'il est arrivé à capter celle de Jules César discutant avec Vercingétorix, et qu'il m'enverra l'enregistrement de la tienne quand il réussira à la capter.

Je l'ai cru et guette la cassette dans mon courrier du matin. Je m'accroche à toutes les superstitions d'où qu'elles viennent. Aux fantômes qui viennent ramasser la nuit les miettes de pain sous les tables, à ceux attirés par l'odeur de citronnelle, à ceux peureux qui grattent les portes, incapables de les pousser.

L'Orient et ses croyances m'habitent depuis que tu me déshabites. Les mots de la langue arabe conviennent mieux à mes états d'âme. Aux mots "tristesse", gris et terne, je préfère *hozn*. Trois consonnes enserrant une voyelle évoquent plus de tragédie, plus de catastrophe.

— Que faisais-tu de tes journées pendant que j'étais dans le coma ? me demandes-tu.

— J'écrivais, est la réponse.

J'écrivais dans ta chambre, allongée sur ton lit, emmitouflée dans ta robe de chambre blanche, avec ton stylo sur le cahier que tu avais emporté avec toi pour écrire tes conférences. Plus bas, sur le même méridien, j'ose dire ; tu luttais contre ton sang. Des dizaines de pages noircies retrouvées après ton départ, je m'adressais à un mort sans savoir qu'il s'agissait de toi : *Monologue du mort* paraissait quelques mois plus tard. Les poètes sont des vautours. Ils se nourrissent de cadavres.

J'y décrivais un espace osseux, des cubes renversés, des rues sans vent, des murs sans fenêtres, celui qui passera le premier renaîtra en arbre.

— Celui qui trépassera en premier, rectifies-tu sarcastique.

L'air devient soudain opaque, toi plus lointain alors que tu continues à occuper la même place. J'avance ma main vers la tienne pour m'assurer de ta présence, mes doigts touchent un corps végétal.

Ta main devenue feuille d'arbre, pareille à celle visible à travers la vitre et qui frissonne au vent. Même texture et mêmes nervures. Connais-tu la légende indienne qui consiste à ligoter le malade contre le tronc d'un ceiba, même incision au poignet que dans l'écorce collés l'un à l'autre. Les branches boivent le mauvais sang et donnent leur bonne sève en échange. La maladie crachée par les feuilles, on recommence avec un autre malade et ainsi de suite. Tu serais avec nous si tu avais planté un ceiba sur le balcon de la cuisine.

Tête basse, presque honteux de me décevoir, tu m'expliques qu'il est temps que je réalise que tu n'es plus conforme à mes exigences. Je ferais mieux de murer la fenêtre qui donne sur ton jardin, de ne plus te chercher à travers les vitres dans les rayons de poussière, les pages écrites à la hâte, et les cafés. En un mot : de ne plus te harceler.

Je ne suis plus sûre de rien le lendemain. M'a-t-il vraiment demandé de murer la fenêtre qui donne sur son jardin ? Et depuis quand possède-t-il un jardin ? A moins qu'il n'appelle jardin les trois géraniums que j'ai plantés autour de sa dalle. A bien réfléchir, il n'a pu, épuisé comme il l'était, décider de ce que nous devions faire ou ne pas faire alors que c'est dans mes paroles qu'il doit s'engouffrer, sur les miennes qu'il avance.

Une question : ces rencontres, fussent-elles réelles ou imaginaires, peuvent être considérées comme un jeu. On avance ses pions. On sème les points de repère. On contourne l'autre. On l'enferme, on le harcèle, il est à notre merci.

Tu étais à ma merci la veille de ton opération. Un goutte-à-goutte fiché dans ton bras, tu étais allongé dans ton lit face à la fenêtre.

Pourquoi avais-je choisi ce moment pour te reprocher tes absences, de ne m'avoir pas assez aimée, d'avoir souvent manqué à Mie ? Tu grelottais malgré la douceur de cette journée d'automne, ignorant que mes reproches avaient pour but d'entendre ma propre voix entre les murs chargés de mort. Je parlais pour exorciser ma peur face à toi qui tremblais de peur et de froid réunis. Un vrai temps de fin d'été, l'air était si suave qu'un oiseau s'était posé sur la rambarde de la fenêtre et s'était frotté le ventre contre le béton chauffé par le soleil. Son œil rond m'avait fixée avec rancune avant qu'il ne s'envole vers le toit voisin.

"Les souvenirs, dit-on, sont tenaces et nous envoient des revenants. On remonte sans cesse le cours des blessures comme le poisson le lit de la rivière pour y pondre ses œufs."

Oubliés les moments heureux, je ressors le moindre malentendu, moindre mouvement d'humeur de sa part et de la mienne. Pendant des années je me suis interdit d'évoquer nos ébats générateurs de désirs non assumables. Je pensais au père de Mie non à l'amant absent. Son père disparu, la fillette de six ans prit le sommeil en horreur. Le plongeon dans le rien la terrorisait.

— Raconte-moi une histoire, me suppliait-elle pour retarder le moment d'aller au lit.

Nuit après nuit, j'ai raconté la même, celle du Petit Chaperon Rouge, puis cessai de le faire après qu'elle m'eut posé cette question :

— Chaperon Rouge n'avait pas de papa pour tuer le loup ?

Comment expliquer cette manie de déballer des griefs vieux de dix ans, de trente ans aux êtres chers sur le point de quitter le monde ? Appelée au chevet de ma mère mourante, quasi inconsciente, je lui ai reproché de ne m'avoir pas protégée de la tyrannie paternelle, de l'avoir laissé envenimer mon enfance m'incitant à un mariage précoce dans le seul but de lui échapper. Un mari autoritaire succéda au père autoritaire. Homme puissant, commandant des milliers d'employés, il devait me considérer comme une employée de plus pour me soumettre à ses diktats.

Grand bâtisseur, il cassait les montagnes pour remblayer la mer, prolonger le littoral, y construire des centres marins, une ville sur l'eau. Trois enfants en trois ans. De lui je garde une image ineffaçable. Debout sur un rocher, par une nuit de grande tempête, il invectivait les vagues qui avaient emporté trois de ses machines : deux grues et une perforatrice, traitait la mer de pute, la menaçait de la niquer jusqu'à la gorge si elle ne les lui rendait pas. Des années de terreur mais un dédommagement de taille : deux fils et une fille qui pèsent leur poids d'amour et de tendresse. Mes grands enfants "à peine plus âgés que toi", me disait Alain Bosquet. Ils me maternent, me gavent de pâtisseries arabes, m'envoient régulièrement des colis de végétaux inconnus en France et qui poussent dans la montagne libanaise : sumac, curcuma, safran que je plante dans mon jardinet aux allures de potager. Jardin qui change avec les années, il dépend des choix de mes amis qui connaissent ma phobie des fleurs depuis le 6 octobre 1981, quand des centaines de couronnes et de bouquets recouvrirent une tombe du cimetière Montparnasse.

— N'écris plus, vis, tu n'as plus beaucoup d'années devant toi, m'a conseillé mon aînée qui vit au Liban.

J'ai failli lui obéir : descendre ma machine à écrire à la cave, ou la mettre sur le trottoir, sûre qu'elle serait emportée par quelqu'un qui en avait plus besoin que moi. Les bras chargés de mon Olympia vieille de plusieurs décennies, je croise la femme de chambre du locataire du troisième étage. Elle m'arrête pour me demander de lui dédicacer un de mes ouvrages paru en poche.

Olympia posée à mes pieds, je signe puis rebrousse chemin vers chez moi. Je continuerai à écrire, même si je n'ai qu'un seul lecteur au monde.

Je ne peux pas me passer des mots, ils sont ce que je connais le mieux dans ce monde. D'un commerce agréable, ils se laissent faire par ma plume, arrivent à exprimer deux avis contraires si l'envie m'en prend, me suivent au doigt et à l'œil. Une cohabitation vieille de quatre décennies m'a appris à les reconnaître même déguisés sous une autre langue que la mienne. Je connais leur forme, *leur couleur, leur odeur.*

— Il y a des mots à plumes et à cornes, disait M., et des mots correctement vêtus.

Fouillant dans un de mes tiroirs, j'ai retrouvé un carnet où j'avais noté des phrases de son cru, accompagnées d'esquisses qu'il fit les yeux fermés, sans réfléchir pour me prouver que l'instinct avait son mot à dire dans le processus de la création. Il dictait et je notais :

"Les mots commettent des larcins entre eux, parfois des inflations qui portent à la confusion, d'où la nécessité d'une lecture plate et non sonore pour tenir compte de la charge créatrice contenue dans le texte."

"Les mots, monnaie échangeable, perdent de leur valeur, s'épuisent, dépendent de la Bourse des mots."

"Le langage ne dit plus rien quand le coefficient de révélation s'appauvrit. Il perd de sa valeur lors de la dévaluation ou de l'inflation des mots."

"Les séismes qui frappent une langue poussent les mots dans un autre concept. Le même processus que dans les tremblements de terre capables de déplacer une île ou reculer un littoral."

Les lignes et les mots étaient la grande affaire de M.

— Les lignes, avouait-il, peuplaient ma vie avant ma rencontre avec Breton et les surréalistes. Les images les ont remplacées quand je me mis à la peinture.

Puis cette dernière phrase que je vous donne telle quelle.

"Les lignes se détériorent toutes seules par rapport au réel. La ligne d'un mur, celle d'une pomme pourrie sont différentes de celles d'un mur écroulé ou d'une pomme en bonne santé. On voyage avec les lignes mais on se marie avec les mots de sa langue maternelle."

L'annonce à la télévision de son décès m'a précipitée vers mon jardin et les plantes géantes venues du sien, ramenées sur mes semelles quand il m'en faisait faire le tour du propriétaire. Je les trouvais hideuses, mais n'osais les arracher, de peur de lui porter malheur. Ne risquant plus grand-chose maintenant, j'arrachai et jetai par-dessus la haie.

Le soir dans mon lit, j'ai essayé difficilement de l'imaginer mort. Un mort plein de dignité, une sorte de pape suffisant apparut devant mes yeux. La mort ne sied pas à M.

Ne pouvant assister à ses obsèques après la parution dans le journal *Le Monde* d'une photo de nous deux suivie de la mention "Le peintre et son épouse", j'attendis le retour de mon amie Marie-Laure de V. pour vivre son départ. Sa femme transforma le deuil en fête. Des monceaux de fromages sur les tables dressées dans les jardins de la propriété, un tonneau de vin pour les amis venus de tous les points de la planète, elle descendit dans la crypte, leva son verre à la santé du défunt, le but d'un seul trait, puis le lança contre le mur. "Mon verre s'est brisé dans un éclat de rire", avait dit Apollinaire.

Obsèques chrétiennes avec archevêque venu de Rome, de l'encens à volonté, même une messe assortie d'un éloge funèbre vantant la vie exemplaire du disparu qui devait se gondoler de rire dans son cercueil. M. riait souvent, faisait rire autour de lui. Même les souvenirs tristes devenaient hilarants racontés par lui. Je l'ai vu une seule fois de mauvaise humeur. Ayant appris que M. et moi nous nous voyions souvent, Alain Bosquet qui l'avait connu à New York lors de la dernière guerre et qui avait bénéficié d'une toile offerte nous invita à dîner. Un crayon lui fut tendu entre la poire et le fromage. Il était souhaitable qu'il signât. M. refusa. Bosquet insista, M. refusa de nouveau. Son style était reconnaissable, mais Alain qui voulait la vendre ne l'entendait pas de cette oreille.

Irrité, M. s'était levé, avait demandé son pull-over, décidé à rentrer chez lui. Alain ne fit rien pour le retenir, l'aida même à enfiler son pull mais prit soin d'en déchirer le col avant de le lui tendre.

Tremblant de rage, M. me demanda de le raccompagner chez lui. "Après le dessert", coupa net Bosquet. J'étais partagée. Qui devais-je mécontenter ? Je le revois descendant l'escalier en maugréant. Le dessert englouti à la hâte avait le goût amer de la trahison.

Avalanche de reproches le lendemain matin. Il avait erré une grande partie de la nuit : pas le moindre taxi, il pleuvait et il a toussé comme un tuberculeux.

— Tu auras ma mort sur la conscience, puis cette conclusion d'une grande cruauté : Vous vous êtes récité vos derniers poèmes après mon départ ? Pareils à des escargots, vous autres poètes laissez de la bave sur vos traces.

C'en était trop pour mes oreilles. J'ai décidé de ne plus le revoir sachant que j'en étais incapable. Il partait le lendemain pour trois mois.

— Je pars pour tout l'été. Viens m'embrasser pour la dernière fois. Qui sait si je vais durer jusqu'en octobre ?

Trois mois après, de passage à Paris sa voix au téléphone :

— Viens voir ton amoureux, devenu un petit vieux. J'ai maigri de vingt kilos.

Phrase banale pour un si grand esprit. Socrate n'a pas fait mieux. Sentant la vie l'abandonner, il s'était tourné vers un de ses disciples pour lui rappeler qu'il devait un coq à Asclépios Criton.

Ma mère, mon jeune mari et M. circulent dans l'encre de mes pas. Ils marchent trop vite et j'ai du mal à les rattraper.

Enchaînés à mes mots, les trois marchent là où on ne marche pas, où la poussière multiplie la poussière.

— Ne mentionne pas mon nom dans ton livre, m'avait demandé M. quand il apprit que j'écrivais mon autobiographie. Ma femme me reconnaîtra, à moins que tu ne la publies après ma mort.

La peur de sa femme le suivra-t-elle de vie en vie ?

Indifférent à tout ce qui se déroulait en dehors de sa peau, il m'a pourtant demandé un jour s'il m'arrivait de me rendre sur la tombe de mon mari. Il ne me laissa pas le temps de répondre et conclut que je n'avais rien à faire dans ce lieu.

— Ce macchabée t'empoisonne l'existence. Oublie-le, il est bien dans son trou.

Piquée au vif, j'ai protesté glaciale.

— Tu te trompes sur son compte. Il n'est resté dans ce que tu appelles le trou que le temps de la cérémonie. Il est partout à chercher un corps qui lui convienne pour revenir. Il en a essayé beaucoup. Trop étroits, ils craquent aux coutures. Trop amples, ils entravent ses mouvements. Il était dans le ventre d'une femme enceinte, il y a quelques mois. Un voyant extralucide m'a même donné son adresse, à cent mètres de chez moi, dans une impasse ombragée par de faux poivriers. Une maison de deux étages avec jardin pas plus grand que le mien, trois marches en marbre blanc conduisent à la porte en verre et en fer forgé. J'ai sonné sans oser répondre à la voix qui me demandait ce que je voulais, puis resonné le lendemain, puis tous les autres jours, espérant qu'elle apparaisse à la fenêtre ou dans l'embrasure de la porte. Mais elle se contentait de parler dans l'interphone sans se déplacer. Incompréhensible qu'elle se terre chez elle alors qu'il faisait beau. Chose étonnante, elle a choisi le seul jour pluvieux de la semaine pour sortir.

— Puis après ?

M. réclamait la suite d'un ton irrité.

— Puis rien, fis-je désinvolte. J'attends qu'elle accouche pour me faire une idée.

— Tu inventes, dit-il, déçu.

— Je n'invente pas. Je mens pour t'intéresser à moi.

Il devint aphasique.

— Comment oses-tu dire une chose pareille ? clama-t-il quand il retrouva sa voix. Tu es la seule entre toutes que j'ai imposée à ma femme. Mais tu n'es jamais contente. Tu n'aimes les hommes que morts. Tu n'aimes que les mots et les chats.

Les chats : ma progéniture de la main gauche. Leurs noms se confondent avec ceux de mes enfants. Le noir Belzébuth marche sur les plaques électriques sans se brûler la plante des pieds. Le blond Casanova porte son cœur à fleur de peau pour mieux séduire les chattes du quartier. Messaline se contente de foie gras faute de souris. Platon se masturbe sur les livres. Socrate préfère le Coca-Cola à la ciguë. Puis les dernières arrivées : la noire Salomé et la blanche Lulu, surgies dans ma vie après le départ de mes quatre enfants, mariés, divorcés ou vivant en concubinage. Lulu achetée dans une chatterie de Barcelone à cause de son regard triste, ramenée à la maison comme un trophée de guerre, partage mon oreiller alors que Salomé dort à mes pieds. Une patte serrée dans ma main équivaut à un somnifère. Elles m'apaisent et sont d'une grande utilité lors des délibérations du prix Max-Jacob qui se tiennent autour de ma table. Le déjeuner terminé, les livres remplacent les assiettes. Le jury indécis sur le choix du lauréat est sauvé par Salomé qui pose son postérieur sur celui qu'elle doit considérer comme le plus méritant, le meilleur.

Déjeuners tendres et cocasses. Les poètes devant arracher les chats de leurs sièges pour pouvoir s'asseoir. Incapable de s'exprimer clairement après qu'une attaque eut paralysé sa bouche, Guillevic, lors d'un de ces déjeuners, se mit à gesticuler des bras. Salomé s'était emparée de son blanc de pintade. Tout rentra dans l'ordre grâce à la présence d'esprit de Jean Orizet qui plongea sous la table, arracha son butin à la voleuse et le remit dans l'assiette du poète après l'avoir essuyé avec sa serviette.

Guillevic, sa stature de menhir, sa voix rauque et sa douceur. L'ancien fonctionnaire au cadastre sculptait l'écriture, érigeait le poème en forme de stèle, donnait corps et âme aux objets. Démunis d'images, ses vers sonnaient comme des proverbes populaires où les blancs tenaient lieu de silences.

Longtemps après sa mort, sa place resta inoccupée à ma table. Nous avions du mal à le remplacer, alors qu'un autre grand poète, Jean-Claude Renard, nous avait habitués progressivement à sa disparition ; assistant à une réunion sur deux, déclarant n'avoir rien lu, les vertiges doublés d'une baisse de la vue et d'une indifférence à tout ce qui se publiait en faisaient un être lointain.

A l'impossibilité de lire et d'écrire s'ajouta la perte de sa foi. Le poète catholique, le mystique se mit à douter de l'existence de Dieu vers la fin de sa vie quand d'autres s'en rapprochent. Sa grande œuvre se situe au milieu de sa production quand il plaçait la parole poétique au-dessus de toute religion. Un autre disparu, Alain Bosquet, mon premier ami dans ce pays, rencontré lors de la parution de mon premier recueil chez Seghers. Il me conseillait, me publiait dans ses anthologies et dans la collection qu'il dirigeait chez Belfond avec Robert Sabatier et Jean-Claude Renard. Une grande intelligence et un savoir-faire incomparables en faisaient une sorte de chef. Il nous manipulait et nous nous laissions faire, votions souvent pour celui qu'il considérait, pour d'obscures raisons, comme le meilleur, quitte à le regretter après. Bon stratège, sentant sa fin proche, il organisa ses obsèques, exigea que son anthologie parue chez Gallimard fût lancée sur son cercueil par tous ceux qui assisteraient à son enterrement.

Objection du représentant des pompes funèbres. Cent volumes, de deux kilos chacun, crèveraient le couvercle. Une page suffisait. La fosse se referma sur les poèmes arrachés au livre et que le vent faisait tournoyer longuement avant qu'ils ne soient happés par la fosse. Le cri noir d'un corbeau perché sur un acacia dénudé jusqu'à l'os salua la mise en terre. La république des lettres avec ses éditeurs, poètes, romanciers et critiques littéraires était là au complet.

Nous quittâmes les lieux courbés sous les rafales du vent, laissant Alain derrière nous, enveloppé de froid et de silence. Les feuilles mortes crissaient sous nos pas. Les prix Max-Jacob et Mallarmé venaient de perdre leur président.

Ses ordres nous manquèrent lorsque nous nous réunîmes trois mois après. Nous étions un pays libéré qui avait la nostalgie de son dictateur.

Dans mes souvenirs, je le revois parc de Saint-Cloud où il m'avait demandé de l'emmener, assis sur une chaise à l'ombre d'un châtaignier, le visage levé vers les branches.

— Dire qu'il me faudra quitter tout ça, fit-il amer. Puis de nouveau combatif, ne se laissant pas abattre : Je reviendrai au monde en arbre pour renaître sans cesse. Ce n'est pas pour rien que je me suis donné le nom de Bosquet.

Son épouse Norma nous photographiait, un sourire aux lèvres malgré sa conviction qu'il avait peu de temps à vivre.

"L'arbre mange dans les mains des passants."
"Le pommier a des matins de doute."
"Les arbres galopent dans mon jardin."
"Il faut rassurer les arbres qui gémissent."

Des vers pris au hasard de mes lectures de ce poète amoureux des arbres. Alain Bosquet s'est-il réincarné en chêne ou en roseau ?

Aux trois poètes disparus s'ajouta un quatrième : Jean Rousselot, fondateur avec René-Guy Cadou de l'école de Rochefort qui prône le retour à la terre et à la huche de pain par réaction au surréalisme.

Commissaire de police en 1945, Jean Rousselot essaya de faire libérer Max Jacob retenu à Drancy, y arriva trop tard ; une pneumonie l'avait achevé en trois jours.

Des quatre, je retiens certaines expressions de leur visage, pas leur visage. Et surtout leur voix confirmant la thèse d'un ami physicien qui disait avoir capté dans l'espace des voix de morts illustres.

Mielleuse la voix de Bosquet quand il nous dictait son choix pour les prix Mallarmé ou Max-Jacob, tout en nous donnant l'impression qu'il était le nôtre.

"Ma mère est morte et j'en suis délivré…", première phrase de son roman *Une mère russe*, écrit en trois semaines après la disparition de la vieille dame dans une maison de santé. Morte d'amertume et de rancœur, son fils fit un retour en arrière sur ce que fut sa vie, commencée à Odessa, avant de devenir une fuite incessante du communisme, puis du nazisme. De Bulgarie en Belgique, puis New York, marquée par son appartenance à la religion juive. Un livre bouleversant. Est-ce pour l'imiter que je raconte à mon tour la mienne ? Le stylo suspendu au-dessus de la page écrit sous la dictée de ma mère :

— Cesse de t'éparpiller. Trop de livres à écrire, à lire, de conférences à l'étranger pour satisfaire ton ego. Concentre-toi sur les orties que je n'ai pu arracher de mon vivant. Fais-le, ne serait-ce que par écrit. Tu gaspilles des tonnes de papier pour parler de ces gens que personne ici ne connaît. Comment les reconnaître alors que rien ne les différencie des autres ? Des sacs de brouillard, des étuis vides. Ils ne sont que ça. Pas de visage, pas de traits, mais des noms gravés sur des pierres rongées par le temps. Désœuvrés comme nous tous, ils n'aiment pas, ne haïssent pas, n'engendrent pas. Des choses incolores, impalpables, sans consistance. On n'exige rien d'eux. D'ailleurs ils ne savent rien faire. Des ruminants, ils essaient parfois de se déplacer, mais n'arrivent nulle part, et pour cause, les chemins sont immobiles, le vent aussi. On n'entre en rien, on ne sort de rien, les contraires fusionnent : jour et nuit, même masse compacte, soleil et lune prisonniers du même cercle, enfants et vieillards même aspect, mêmes passe-temps. Ne jouent jamais.

— Vous devez vous ennuyer, je suggère sûre d'être approuvée.

— Pas beaucoup tant qu'il y a la saison des bruits, la plus appréciée, la plus attendue, un peu plus mouvementée que les autres même si le nombre de jours ne varie pas.

Je la soupçonne d'inventer et le lui écris noir sur blanc.

Elle se rattrape avec finesse et ruse :

— Mets ce que je t'ai dit sur le compte des livres que personne ne lit.

J'enchaîne avant qu'elle ne disparaisse :

— Pourquoi n'avions-nous pas de livres à la maison ? Pas un seul roman. Pas de poésie non plus.

— Quel besoin de lire des romans quand on les vit ? Ton père qui ligotait ton frère pour l'enterrer vivant, c'était mieux que du roman, de l'épopée.

Dieu ce qu'elle est devenue savante depuis qu'elle est morte, je pense en moi-même.

— Et pourquoi n'allions-nous jamais à la mer ? je demande aussi.

— Grignotant le littoral comme elle le faisait, la mer aurait fini par arriver chez nous, dans la salle de séjour, sous la table, les chaises et même le frigo. C'est du moins ce que ton père disait.

— Vous vous revoyez là-haut ?
— Jamais revu. Et pourquoi dis-tu là-haut ? Le haut et le bas se mélangent puisque tout tourne.
— Une dernière question, maman. Pour quelle raison notre enfance était-elle si noire ?
— Noir, blanc, rouge, laisse les couleurs à ton peintre. Trouve un mot plus conforme à la situation : enfance pierreuse, caillouteuse, la vôtre était herbeuse. Vous grandissiez avec les orties l'hiver. Et le cannabis l'été.

Coupé mi-juillet, séché sur les toits des maisons tout le long du mois d'août, le cannabis évoqué par la mère produisait sous l'effet de la chaleur torride sur ces hauteurs une combustion lente, et des exhalaisons qui engourdissaient hommes et bêtes. Incapables de voler, les oiseaux se déplaçaient patauds sur la place du village. Aussi drogué que les autres, le curé nous appelait aux douze coups de midi quand le soleil se reflétait dans le puits pour voir un saint Antoine réduit à son auréole.

Evocation qui suscite le fou rire de la mère, puis le mien, effaçant le deuil, la guerre, la maison détruite, excepté la honte.

Honte d'avoir laissé deux infirmiers traîner mon frère vers l'ambulance sans l'avoir secouru. Honte d'avoir accepté que des étrangers procèdent à la toilette funéraire de mon mari, aient palpé son corps, vu sa nudité, peut-être ricané à la vue de son sexe rabougri, puis de m'être exhibée devant la foule présente à l'église, d'avoir serré des mains, jouant à la perfection mon rôle de veuve alors que j'étais habitée par un grand vide, puis devant cette église ou ce cimetière, je levais un poing vengeur vers ce Dieu qui ne fit rien pour le sauver lorsqu'il entra en agonie. J'avais couru vers la chapelle de l'hôpital et martelé de mes poings la porte fermée.

Pareil à n'importe quel épicier Dieu a ses heures d'ouverture.

Les portes fermées, cadenassées, firent longtemps partie de mes rêves. Le plus répétitif se déroulait dans un hôpital. J'arpentais les couloirs à la recherche de la chambre 123 où mon mari attendait son transfert au bloc opératoire. Un chirurgien venu du Japon devait remplacer son cœur par celui d'une huppe. Le nombre 123 n'étant inscrit sur aucune porte, je m'étais trouvée devant une vitre. Des hommes en blouse verte s'activaient autour d'une volaille, ouvrant son thorax sans l'avoir anesthésiée au préalable. Réveillée par ses plaintes, j'additionnai 1 + 2 + 3, et obtins le chiffre 6, date de sa mort un 6 octobre.

Raconté à mon mari des années après sa disparition, ce rêve le laissa sceptique.

— Le plus et le moins étant du kif au même, c'était son propre terme, 1 + 2 + 3 peuvent faire zéro. Zéro ou rien, fit-il après un silence. Ce que je suis devenu.

— Impossible que tu sois rien, j'avais crié de toutes mes forces. Tu étais tellement mon mari.

— Je l'étais, fut la réponse, d'un ton exacerbé. Puis cesse de m'appeler. Tu m'empêches de m'élever dans notre hiérarchie. Et surtout ! plus jamais de tables tournantes avec ton amie italienne. Je n'aime pas sa mère. Une vieille perruche qui fait semblant d'imiter ma voix. N'est pas médium qui veut. Et ce n'est pas moi qui te dirai : Panse à moi, avec un *a* à la place du *e*.

Grand étonnement de ma part. Moi qui croyais que les hiérarchies étaient une invention des vivants. Dans ce cas que devient l'acquis terrestre ? Est-il pris en compte ? Et qu'en est-il de ma pauvre maman qui maniait le balai avec plus d'adresse que le crayon et le pinceau ? La peinture réduite

75

aux seules images saintes qu'elle sortait à chaque accrochage dans le tissu de sa vie, posait sur son front, effleurait du bout des lèvres de peur de les abîmer, marmonnant toujours le même vœu :

— Sainte Vierge qui en as vu des vertes et des pas mûres avec ton fils, fais que le mien devienne un bon garçon. Ramène-le dans le droit chemin, loin de la poésie et de la masturbation qui rendent fou. Et toi Joseph, son époux, sans l'être tout à fait, je te confie mon mari, âpre comme écorce de jujubier de l'extérieur, tendre comme noisette d'août de l'intérieur. Faites que ces deux s'entendent comme les doigts d'une seule main. Il faut deux mains pour applaudir, dit le dicton, et mieux vaut être deux pour contrer le vent.

La mère faisait plus confiance aux proverbes qu'à son raisonnement, surtout quand elle s'adressait aux saints, des gens plus importants que le maire de son village, l'archevêque maronite, plus importants que le poète niché dans l'anfractuosité d'un rocher.

Village devenu sa fierté depuis que son mari "ne faisait plus le plein de ses yeux". Elle le plaçait au-dessus de tous les autres, au-dessus de celui riche d'une châsse et d'un saint embaumé depuis cent ans, au-dessus de celui qui possédait une relique de saint Ephrem, un tibia enfermé dans une vitrine et qui faisait saliver les chiens qui s'aventuraient à l'intérieur de l'église. Exilée sur le bitume à la suite de son mariage, la mère continuait à tirer fierté d'une terre qui ne produisait que des pommes de terre, du haschisch, des cailloux et des poètes.

Une rue unique allait de la mairie érigée sur les hauteurs jusqu'au cimetière planté sur les terres basses non loin du fleuve. Les promeneurs l'empruntaient dès la tombée de la nuit. Les conversations éraflaient l'obscurité naissante. Les familles étaient reconnaissables aux traits allant d'un visage à l'autre. Les femmes fertiles faisaient des enfants pareils à leur géniteur. Celles stériles accouchaient d'histoires comme dans les livres. Les seuls livres vus au village étaient ceux du poète mort en Amérique et qui légua les bénéfices de son œuvre à ces gens qui le vénéraient. Les revenus du *Prophète* traduit dans toutes les langues, vendu à des millions d'exemplaires, servirent à réparer le toit d'une église et à en construire une autre, au lieu de faire bâtir une école ou un dispensaire. Ils marchaient dans le noir, parlaient dans le noir, rentraient chez eux quand leurs yeux ne pouvaient plus différencier les yeux d'un chat d'une luciole.

Revenant d'une de ces randonnées, nous avions trouvé le père trépignant de colère devant la porte. Ses bottes de militaire luisant dans le noir, il plaqua un baiser sec sur chacune de nos joues avant de nous accabler de reproches. Nous ferions mieux d'étudier au lieu de nous promener avec des paysans, guetter l'arrivée de celui qui brûlait dans l'enfer de la capitale au lieu de gaspiller notre temps.

Se tournant vers son fils, point focal de son insatisfaction, il lui demanda s'il avait pensé à son avenir. Allait-il embrasser la profession de son oncle maternel : fabricant de cercueils ou celle de son cousin, cultivateur de cannabis donc contrebandier ?

Croyant être à la hauteur des ambitions paternelles, le garçon de douze ans pointa un doigt sur la tombe de l'auteur du *Prophète*.

— Je serai poète comme lui.

Grande déception du père, il enfonça son képi sur son crâne et repartit pour la capitale, ses vacances terminées avant d'avoir commencé. Le père n'avait que mépris pour le village de sa femme, pour ses lumières qui s'éteignaient en même temps, pour ses renards mangeurs d'épis de maïs, et ses poules picoreuses de cailloux. Village où à défaut d'une mer les habitants se contentaient d'une rivière, à défaut de vagues s'accommodaient des herbes couchées par le vent. Un vieillard affirmait que ce village était doté d'une parcelle d'océan, mais c'était avant le Christ, peut-être en même temps que le Christ, un glissement de terrain l'avala en un clin d'œil, et qu'il suffisait de coller une oreille attentive sur le sol pour entendre mugir les vagues et crier les mouettes.

Un point de vue farfelu, la mère y croyait pendant les grandes vacances. De retour dans la ville, elle doutait. Reprenant pied sur terre, elle redevenait solidaire de ce qu'elle appelait son jardin, décidait tous les soirs de remplacer dès le lever du jour les orties par des hortensias, mais le lendemain arrivant avec ses tâches, elle se décourageait. N'ayant jamais pu réaliser son vœu, j'ai planté pour elle des hortensias dans mon parterre, alors que je n'aime pas cette fleur. Plantés à l'envers, ils ont dû fleurir la maison du diable.

Toute une vie de lutte pour apprendre à jardiner, à cuisiner, à écrire une langue qui n'est pas la mienne. Combat quotidien contre les limaces dévoreuses de plantes aromatiques, contre la poussière qui dévore les meubles, contre les adjectifs gras et les métaphores, appréciés dans ma langue maternelle mais rejetés par le français qui se rétrécit, maigrit à vue d'œil. *Exit* les images et l'excès de sentiment. Pas d'émotions apparentes non plus, le roman contemporain le veut. L'Arabe que je suis doit effacer de sa mémoire tout un patrimoine nourri de poésie jahélide pleurant sur les ruines de sa maison, pleurant sa chamelle ou une patrie perdue pour écrire moderne. Je me suis même battue contre la mort quand mon jeune mari transporté en réanimation commença sa descente dans le néant.

A genoux sur le sol de la chapelle de l'hôpital, j'ai discuté pendant deux semaines avec un Christ exsangue, lui intimant l'ordre de rétablir le circuit sanguin dans le cœur du moribond. Il n'avait qu'à suivre le tracé circulaire de mon doigt sur l'air pour savoir comment s'y prendre. Mes yeux plantés dans les siens, je lui donnai l'ordre de recommencer sans cesse le même circuit et le même geste. Je m'adressais au fils de Dieu en français puisque c'était un Christ parisien. Réfugiée dans la chambre 123, je noircissais des pages à longueur de jour et de nuit. Personne n'osa m'en déloger ; ils avaient peur de mes yeux hagards, de ma manie de ne m'alimenter qu'en cafés pris au distributeur de l'étage. Pages écrites dans un état second, exhortant un homme emmuré dans son silence à quitter son carré de froid, à se lever, à rejoindre les vivants, loin des terres opaques qui l'appelaient, des rumeurs des fleuves souterrains, loin du bruit noir des houillères.

On me mit dehors dans la minute qui suivit son décès. Je revins chez moi, mes poèmes et ses vêtements serrés sous l'aisselle, ses chaussures à la main. Un séjour de trois semaines dans les couloirs de l'hôpital m'avait permis de voir d'autres veuves chargées des effets de leur défunt. Elles rentraient chez elles, l'œil sec à force de l'avoir pleuré d'avance.

N'étant pas armée pour la vie active, n'ayant jamais gagné ma vie ni rempli le moindre formulaire ou déclaration d'impôts, et n'ayant appris qu'à courir derrière les mots et la poussière, j'ai plongé dans le désarroi. Mie devait assimiler la mort de son père à un abandon pour le réclamer tous les soirs quand toutes les fenêtres du quartier s'illuminaient et que je guettais sans y croire le bruit d'une clé dans la serrure. Elle était certaine qu'il était parti sur un coup de tête, qu'il reviendrait une fois sa colère retombée.

— Ecris-lui une lettre. Beaucoup de lettres, me suggéra-t-elle un soir.

— Où les envoyer ?

Ma question la fit réfléchir.

— On va les glisser sous toutes les portes de Paris. Je dicte et tu écris.

Mie endormie, je m'étais tournée vers la dernière fenêtre éclairée et j'avais crié ton nom avec rage, colère comme on appelle un chat parti en goguette. La réponse vint de l'arbre en face, un platane. Ses feuilles frissonnèrent d'une colère égale à la mienne.

Mie pleurait toutes les nuits avant de s'endormir. Le plongeon dans le noir la terrorisait. Elle appelait son père, sûre qu'il pouvait l'aider à traverser la porte du sommeil. Ses pleurs me ramenaient, pour je ne sais quelles raisons, au village de ma mère. Des cris nous parvinrent un matin d'une maison misérable construite en bas d'une pente. Grands et petits, nous nous étions retrouvés devant un spectacle incompréhensible. Allongée de tout son long sur la terre battue, la propriétaire des lieux roulait son corps maigre jusqu'au seuil barré par le corps inerte de son fils. Personne n'essaya de la raisonner, personne n'essaya de porter le cadavre à l'intérieur, on la laissait faire, suivant des yeux son va-et-vient escaladant la montée à grands pas, puis la redescendant en position couchée. Un processus répétitif et sans la moindre erreur, dicté par un grand désespoir, doublé d'une rage contre ceux qui avaient assassiné son fils avant de le lui jeter devant sa porte.

Devenue grande, Mie a raconté son père dans un livre : *La Nuit des calligraphes*. "La jeune romancière, dans ce livre, remonte la *pente* de sa blessure", pouvait-on lire dans un hebdomadaire.

Retour à la maison de la pente. Le village se mit à éviter la femme affligée. Les deuils qui sentent le sang font fuir les humains, non les bêtes. Les chiens la reniflaient lorsqu'elle s'aventurait sur l'unique rue qui va de la mairie au cimetière.

Mon deuil quarante ans après le sien éloigna de moi beaucoup d'amis, mon chagrin leur faisait peur. Mon téléphone sonnait rarement. Le milieu littéraire m'avait oubliée. Seuls Alain Bosquet et André Brincourt prenaient de mes nouvelles et me tendaient une main secourable alors que je plongeais, plongeais. "Ecris pour ne pas devenir folle", me répétaient-ils. Dans mes incursions dans la rue, les passants évitaient de me frôler. Etait-ce une fausse impression ? Comme si j'étais un objet fragile. Ils craignaient de me casser.

— Qu'as-tu fait des pages écrites dans ma chambre d'hôpital ? me demandes-tu après des semaines d'absence.

— Un livre.

— Avoue que ma mort t'a été utile.

— Elle a ouvert une porte. Il suffit d'un rien pour que je sois happée à l'intérieur, enterrée vivante comme dans une trappe. T'ai-je dit que M. veut m'enterrer en lui, dans sa poitrine qu'il a frappée du poing dans un bruit de gong ? veut m'enterrer dans son lit qu'il a bêché du même geste que mes chattes fouillant la terre pour faire leurs besoins ?

— Il t'aime ?

— M. n'aime personne à part M. On raconte qu'il a plongé sa fille, quand elle avait deux ans, dans le vide, par-dessus la rambarde de la fenêtre de son atelier, avec l'ordre de voler avec les pigeons. "Vole, Fédérica, vole." Heureusement qu'il la tenait par les chevilles.

— Fédérica a volé ? me demandes-tu curieux de connaître la suite.

Un nuage passe. Tu te décolores à mesure qu'il s'épaissit. Tu vas disparaître de nouveau et je reprends ta dernière phrase pour te faire revenir, avec l'impression de creuser un ruisseau boueux pour dégager son cours.

Pour mon anniversaire M. m'a offert un dessin, une esquisse faite d'un seul trait représentant une femme dormant sur sa propre épaule.

— C'est toi, m'a-t-il dit, et j'ai réalisé que je dors sur ma propre main depuis que je n'ai plus ton épaule.

"Sa mort l'a épuisé, m'a écrit un voyant qui te file comme un détective depuis des années. Laissez-le se remettre de sa fatigue, ne l'appelez plus."

Je conserve sa lettre sous une pile de linge, la relis souvent. Il parle d'un terrain en bordure d'un bras de mer avec un chemin de halage ombragé par des mélèzes. "L'âme de votre mari tourne autour d'une maison qui n'existe plus. Une construction en bois de trois étages comme on en construit dans les pays balkaniques…"

J'ai envoyé une copie de la lettre à ta mère. Sa réponse n'a pas tardé :

"Ton ami voyant parle du yale de mon père où ton mari a vu le jour. Des revers de fortune m'ont forcée à le vendre à un riche Stambouliote qui l'a rasé pour faire construire un immeuble de rapport. Le temps a passé. Envahi par les mauvaises herbes, le terrain est devenu un lieu de jeu pour les enfants du village."

— Veux-tu voir cette lettre ?

Ma proposition te met mal à l'aise. Tu refuses d'une secousse de la tête, c'est du moins ce que j'ai perçu. Crains-tu dans l'état où tu es de te retrouver seul avec moi ? Sache que je ne te demanderai rien, à part poser ma tête sur ton épaule, ne serait-ce que pour une seconde, et dormir d'un sommeil aussi opaque que le tien.

Rattraper en une seconde vingt années d'insomnies qui colorent le contour des yeux en bistre. Dormir du même sommeil que la nuit qui suivit ton enterrement quand, abrutie par les somnifères, tu m'étais apparu derrière une grille géante, brandissant deux doigts en forme de V, ta main saluant une foule invisible. Qui saluais-tu et sur qui avais-tu remporté une victoire ?

Une amie m'avait expliqué que les veuves vieillissent plus vite que les autres. Je l'ai crue et me mis à scruter sur mon visage rides et relâchement de peau. Une ride par jour. Je pleurai face au miroir comme on aboie. Les voisins croyaient que je te pleurais alors que je me pleurais.

Régression physique suivie d'une régression mentale. Je me morfondais pour une poupée volée par une fillette, quarante ans auparavant. Récupérée avec un œil crevé après que j'eus tambouriné pendant une heure sur sa porte, cette poupée ressurgissait avec la même souffrance et le même sentiment de spoliation. Les moindres incidents de mon enfance me revenaient grossis, noircis, dramatisés : perte d'une houppette de poudrier, d'une boucle de chaussure en strass ramassée dans la rue, d'une gomme, d'une image sainte. La rage, ayant fait son creuset en moi, amassait les tourments tel un monceau de paille. Il suffisait de craquer une allumette pour faire flamber mon imagination.

— Tu n'aimes pas perdre.

Ta bouche sourit malgré le ton amer.

— Dis plutôt que je ne sais pas garder ce qui m'appartient : toi, la poupée, la gomme, l'image sainte. L'œil crevé m'a poursuivie pendant des années. Mes parents ayant déménagé en ville, je continuais à y penser, décidée à le récupérer un jour ou l'autre quitte à faire à pied les dix kilomètres qui me séparaient de notre ancienne habitation.

"Oublie, me conseillait ma mère. Cette fille a probablement déménagé à son tour. Sa maison n'existe peut-être plus. Les pierres ont parfois de bonnes raisons pour s'en aller."

— Elle avait dit ça ? fais-tu admiratif.

— Je n'invente pas. Ma mère connaissait mon attachement maladif aux êtres et aux choses. Toi parti, Dieu seul sait où, je suis partie à ta recherche : chez tous ceux qui t'avaient connu avant moi, chez Olga Vichneskaya ton ancienne maîtresse, chez ta mère et pour finir chez tes amis. Le numéro de téléphone d'Olga inscrit sur ton carnet, je l'ai appelée et pris rendez-vous. Tu n'imagines pas sa peur en me voyant dans l'embrasure de sa porte. Je l'ai rassurée. Je ne lui voulais aucun mal, mais récupérer ses souvenirs te concernant.

— Elle habite le même appartement ? près de la gare d'Austerlitz ?

Je hoche la tête.

— Avec Timour ?

— Timour c'est qui ? je demande méfiante, convaincue qu'il s'agit d'un fils illégitime.

— Mon chien, est la réponse. Un braque hongrois descendant d'une lignée prestigieuse. Ses ancêtres : Bronco de Moloch et Nini de la Palouze ont leur nom dans le dictionnaire. Je l'ai laissé à Olga quand je l'ai quittée pour toi.

— Pas vu de chien chez elle. D'ailleurs c'est tout petit, tout sombre, et si crasseux. Je me demande comment tu pouvais…

— Pas de chien, dis-tu ? Impossible qu'il soit mort. Je l'aurais su.

Puis me regardant en face, pour la première fois en face, tu veux savoir ce qu'Olga a pu dire sur toi.

84

— Rien que je ne savais déjà, je dis du bout des lèvres. Que tu partais souvent, revenais pour repartir aussitôt. Un vrai courant d'air. Même traitement pour la vieille maîtresse que pour la jeune épouse.

Je m'attends à tout, sauf à ce "Pardon", murmuré d'une voix étranglée.

— J'ignorais qu'on pouvait mourir si facilement, sans le moindre signe avant-coureur, sans préavis, expliques-tu, je t'aurais prévenue si je l'avais su.

Un pardon accompagné d'une larme coincée au coin de l'œil, chassée d'une main rageuse.

— Vous vous êtes revues ? demandes-tu anxieux.

— Une visite m'a suffi. Elle n'a retenu que tes goûts en matière de cuisine, à croire que vous vous retrouviez uniquement pour manger. Tu n'aimais pas les plats en sauce, leur préférais les grillades comme au restaurant.

"La faute, criait-elle, revient à sa mère qui l'a balancé à son mari après leur divorce. Il n'a pas vécu dans une famille, ni connu les plats qui mijotent toute une nuit sur le feu. Madame la Calligraphe était accaparée par son œuvre. Pas de place pour un mari et un fils. Ils n'avaient qu'à chercher l'amour ailleurs, dans un autre pays de préférence, le plus loin possible de son fameux yale. Le père mort, elle a écrit au fils pour renouer avec lui. Istanbul-Paris, trois nuits et deux jours à rouler et à se demander à quoi pouvait ressembler le garçon de quatre ans, un quart de siècle après. Le train entré en gare et tous les voyageurs partis, il a deviné que la vieille dame assise sur sa valise devait être sa mère. Comment l'aurait-il reconnue ? Son père avait découpé son visage de l'album de photos. Remplacé par le sien : tarbouche, monocle et moustache surmontent une robe de dentelle et des escarpins de soie.

Croyez-vous qu'elle a sauté de joie en me voyant le lendemain ? Elle fit la grimace. Nous avions le même âge. Elle a mis du temps pour comprendre que son fils avait plus besoin d'une maman que d'une maîtresse. Qu'attendez-vous pour la rencontrer ? A votre place, je prendrais l'avion dès demain. J'irais même à la nage faute d'avion. Madame mère, comme il l'appelait, vous le racontera mieux que moi."

Un nuage noir traverse ton regard. Connaissant ton amour pour ta mère, tu aurais préféré qu'elle te sache encore en vie. Inutile donc de te raconter notre voyage avec Mie accrochée à ma jupe et le chat dans un panier. Partie sans réfléchir avec la ferme intention de voir quelqu'un souffrir plus que moi de ton absence.

T'ai-je mécontenté en remuant tous ces souvenirs ? Me voilà seule à cette table. Le rai de soleil éclipsé en un clin d'œil, parti sur la devanture du tabac avant d'échouer sur celle de la pharmacie. Je n'aurais pas dû te parler de ton ancienne maîtresse, ni de ta mère, surtout pas étaler au grand jour une liaison dont tu ne tirais aucune fierté. J'aurais dû me rappeler que les morts, chose connue, sont des gens susceptibles.

La maison de madame mère nous apparut du ferry qui fait la navette entre Istanbul et la rive asiatique du Bosphore. Elle devait guetter notre arrivée de sa fenêtre pour avoir refermé les volets dès que nos pieds touchèrent le débarcadère.

Les doigts qu'elle nous a tendus avaient la minceur d'un roseau, aussi filiformes que ses pinceaux. Les meubles émergèrent progressivement d'un intérieur jadis cossu, mais devenu terne avec le temps. Tout était prisonnier sous le toit de Mme Kunt : les chapelets d'ambre, d'agate et de jade dans une vitrine fermée à clé, le canari dans une cage, les portraits des ancêtres sous des vitres épaisses. De gros kilims masquaient la lumière du jour. Elle nous désigna des sièges aussi raides que sa silhouette et nous parla de ses rhumatismes.

— Ils s'attaquent maintenant à mes mains. Mon écriture devient tremblante, ce qui explique mon silence. J'étais incapable de répondre à vos lettres.

Me prenait-elle pour un expert en calligraphie ottomane pour se plaindre en deuxième lieu du papier qui n'avait plus la même texture qu'avant, de la mauvaise qualité des pinceaux, fabriqués industriellement avec des poils incapables d'épouser le mouvement de la main ?

— L'art n'est plus ce qu'il était, conclut-elle dans un long soupir.

Elle n'évoqua son fils qu'une fois attablées devant un bol de soupe fumante malgré la chaleur qui écrasait le village. Elle me demanda s'il avait été enterré en terre musulmane.

— Vous n'ignorez pas qu'il est né musulman, précisa-t-elle, un doigt menaçant en l'air, son père, qu'Allah lui pardonne, en fit un chrétien.

Ne possédant pas de concession dans aucun cimetière parisien, et ayant demandé l'hospitalité de leur tombe à des amis juifs, j'ai préféré faire l'évasive. Mais elle insistait, exigeait une réponse.

— Pourquoi ne pas l'inhumer ici, dans son village natal ? j'ai déclaré pour en finir.

— Vous n'y pensez pas, fit-elle en sursautant. Mon père ne le supportera pas. Il ne portait pas mon ex-mari dans son cœur. Puis c'est si malsain ces morts qu'on promène dans l'air de pays en pays, dans des cercueils interdits par notre religion. Né de la terre, l'homme doit retourner à la terre.

Une leçon d'éthique nécrophile qui m'a rappelé l'unique enterrement musulman auquel j'ai assisté. C'était dans le Sud marocain, le convoi circulait sur le chemin des muletiers. Le mort porté sur une planche de bois était aussi rigide qu'un fagot de bois sec. Seule sa tête, secouée par les soubresauts, bougeait sous le linceul qui adhérait aux deux orifices du nez, à celui de la bouche qu'on devinait ouverte, prête à recevoir les pelletées de terre jetées par l'assistance.

Imaginer la terre pénétrer dans sa gorge, s'engouffrer dans ses bronches m'était une torture. Je suffoquai. Je m'étais levée pour me diriger vers la fenêtre à la recherche d'un peu d'air, mais elle m'arrêta d'un geste de la main.

— Que fais-tu malheureuse ? Tu veux m'imposer la vue des bolcheviks ?

C'est semble-t-il pratique courante dans le village de fermer ses volets au passage des navires soviétiques venus de la mer Caspienne. Ils traversent le Bosphore dans un silence troublé par le seul bruit des vagues, par les cris des mouettes qui ignorent le sens de la faucille et du marteau.

Ceux qui ont le malheur de se trouver à l'extérieur leur tournent le dos. Debout sur ses jambes grêles, entourée de ses chapelets, de ses ancêtres, même d'un firman du sultan nommant *khazandji* ou percepteur des impôts son grand-père, elle me fixait avec mépris. Le barrage de bienséance ayant cédé, elle redevint la fille de notables forte de ses droits et moi la bru étrangère qui troublait sa solitude en lui rappelant un fils tôt disparu et un mari haï.

— As-tu fait appel à un imam pour la *fatiha* ? Et l'as-tu couché le visage tourné vers La Mecque ?

Comment lui avouer ma méconnaissance de tous ces rites ? Comment situer La Mecque dans ce fouillis du cimetière Montparnasse ? Je ne savais que répondre au juge bouillant d'impatience. Me voyant muette, elle leva les bras au ciel et s'adressa à son ex-mari, à l'hérétique lubrique qualifié de Machiavel, avant de lui lancer qu'il était le seul responsable de la déchéance de son fils, même de sa mort, étant donné qu'il l'a jeté dans les bras de l'Occident païen.

Brusquement d'une voix sibylline alors qu'elle vitupérait il y a un instant, elle m'a demandé s'il t'était arrivé d'évoquer sa sœur Myra. Sa pauvre sœur ?

— Il m'a parlé de sa ligne de vie qui s'arrêtait au milieu de sa main, au creux de la paume.

— Morte si jeune, un épi de blé fauché alors qu'il était vert, gémit-elle. Ton beau-père n'a pas daigné assister à sa mise en terre. Son fils sous le bras, il a fui comme un lâche. N'écoute surtout pas Eminé, une vieille folle. Elle ne te racontera que des mensonges. Les domestiques détestent leurs maîtres.

Myra serait encore en vie, me confiait le même soir Eminé, alors que je feuilletais l'album familial. Elle ne pourrirait pas sous terre si ton beau-père l'avait épousée au lieu de se marier avec l'aînée qu'on lui avait imposée. Il ne pouvait pas faire autrement, consul d'Albanie à Skopje du temps du roi Zog, il était devenu indésirable avec l'arrivée des communistes. Il ne savait plus où aller. "Va voir de ma part mon ami Nessib Bey à Beylerbey face à Istanbul, lui avait conseillé son père resté à Tirana. Epouse une de ses filles, il te trouvera un emploi digne de tes études. C'est la mort assurée si tu rentres en Albanie. On pend les monarchistes à tour de bras. Tu es considéré comme un ennemi de la patrie."

Un pas derrière la porte nous fit sursauter, Eminé disparut après m'avoir soufflé qu'elle me raconterait la suite plus tard. Je ne levai pas la tête et continuai à regarder la photo de l'enfant pleurant son train renversé sur les rails.

— La dernière photo de Nour dans cette maison, précisa ma belle-mère debout derrière mon épaule, insistant sur les quatre lettres de Nour sachant que son père avait remplacé ce prénom par Jean.

La suite eut lieu dans ma chambre quand Eminé arriva avec sa bassine d'eau pour me laver les pieds, car il était inutile de se défendre contre la pratique qui voulait que les pieds des maîtres devaient être livrés aux domestiques dès le coucher du soleil.

— Arrivé d'Istanbul par le dernier caïque de la journée, votre beau-père avait passé la nuit à la maison. Le voyant déprimé, mon maître lui a offert de prolonger son séjour en attendant qu'il se trouve une situation. Il passait deux semaines plus tard devant l'imam, avec l'aînée alors que son cœur flambait pour la petite, Myra épousait la mort quatre années plus tard. Elle s'était jetée par la fenêtre qui donne sur le Bosphore.

"Quelqu'un l'a poussée", je clame depuis un demi-siècle.

Son cri continue à frapper l'eau, à faire sursauter les mouettes. Partie de son plein gré, elle n'aurait pas crié. Votre belle-mère a fermé sa porte aux condoléances, fermé la porte à la laveuse. Sa sœur n'avait qu'à se présenter telle qu'elle était au Créateur, des algues pendues à ses cheveux, du sable plein la bouche. J'ai dû ruser pour l'envelopper dans un linceul taillé dans un vieux drap. Interdit d'assister à la mise en terre et de rester à la maison, votre beau-père a quitté le village, et le pays. Chassé comme un mauvais domestique. Comme un chien. Il est parti avec son fils, sans ses affaires. Le petit pleurait. Il voulait récupérer son train, mais son père le pressait de monter dans la *araba* qui attendait devant la grille. Du père et de son fils j'ai gardé ce train et ce paquet de lettres. Tombées entre les mains de ma maîtresse, elle les aurait brûlées. Prenez-les. Elles vous attendaient. Vous allez pouvoir les lire. L'ignorante Eminé n'a jamais su ce qu'elles disent.

Ce que la vieille domestique appelait lettres n'était que des poèmes, trop sentimentaux, à la limite du naïf. Le titre : *Ode à Myra* me fit sourire, puis m'émut. Papier jauni par le temps, gonflé par l'humidité, l'écriture voilée par endroits rendait difficile la lecture.

Eminé m'avait laissée sur ma faim. On ne se donne pas la mort parce que l'homme aimé en épouse une autre. Un pêcheur qui avait sa place assise sous les fenêtres de la maison m'avait arrêtée alors que je me promenais avec Mie.

— C'est toi la veuve du petit ?

Puis d'une voix nettement plus basse :

— Lui aussi s'est suicidé comme sa tante ?

Il ne m'a pas laissé le temps de le rabrouer, poursuivant sans me regarder, fixant toujours le bout de sa ligne :

— Les avis au village étaient partagés. "Elle n'aurait pas survécu au déshonneur, enceinte comme elle était", disaient les uns.

"Une balle dans la tête du vrai fautif aurait réglé le problème", pensaient d'autres. Mais celui qu'on appelait le fautif n'avait pas traîné, parti à l'étranger, Allah seul sait dans quel pays, avant que la terre n'ait avalé la pauvre fille.

Conclusion d'Eminé :

— On ne traverse pas autant de pays pour retrouver les quatre premières années de la vie de son mari.

Voyage inutile, excepté la visite du cimetière planté sur une colline. La vieille servante tenait à présenter Mie à ses ancêtres. Elle devait me considérer comme un lieu de passage, bon pour perpétuer la lignée de son maître, pour s'être adressée à ma fille tout le temps qu'a duré la visite.

— Voilà Ambar Bey le distrait, déclara-t-elle d'un ton cérémonieux. Il entrait chez lui juché sur son cheval, lui donnait à manger son kebab et se contentait de mordiller quelques brins d'avoine. A sa gauche, son frère Halil Bey, voleur de poules les nuits de pleine lune seulement, alors qu'il n'en avait nul besoin, riche comme il était. A sa droite, son cousin Yézit Bey, devenu derviche tourneur sur ses vieux jours. Il a répudié ses quatre femmes, chassé ses enfants et transformé sa maison en *medresseh*. Il ne tournait jamais moins de trois jours, soixante-douze heures montre en main, chose étonnante pour son âge, il devait frôler les quatre-vingts ans, puis s'attablait devant un mouton farci qu'il engloutissait sans ciller.

— Et la tombe de Myra ?

Eminé m'a foudroyée du regard. Qu'avais-je à l'interrompre alors qu'elle n'était pas arrivée au plus important, son maître Nessib Bey qui aurait dû, qu'Allah lui pardonne, marier Myra à votre beau-père, au lieu de lui imposer l'autre.

Vexée par mon intervention, elle décréta qu'il était temps de rentrer, qu'il allait pleuvoir, et que la pluie sur les tombes est plus triste qu'ailleurs.

Retour à Paris le lendemain avec Mie, le chat et la photo de l'enfant pleurant face au train renversé sur les rails. La vieille calligraphe nous tendit de nouveau ses doigts filiformes. Je fis semblant de les serrer puis embarquai dans le bruit des vagues frappant violemment le débarcadère, et les cris des mouettes alignées en rang serré comme pour un garde-à-vous solennel.

Trois jours m'avaient suffi pour comprendre la cause du nomadisme du père et de son fils. Une relecture des poèmes d'amour me fit découvrir entre les pages trois cartes d'identité pour la seule personne de mon mari.

Né une première fois à Beylerbey en Turquie sous le nom de Nour (lumière en français), il devint Skardilayda (Alexandre en albanais) après la séparation de ses parents. Nour-Skardilayda se transformait en Jean deux ans plus tard lorsque, installé à Beyrouth avec son père, et devant intégrer le collège des pères jésuites, ceux-ci le firent baptiser en un tournemain avant de le pousser dans une de leurs classes.

Dernière identité française, quinze ans plus tard, quand, déçu du monde arabe, son père l'envoya faire des études de médecine à Paris.

Des identités serrées en une : Jean de la lumière comme Jean de la lune comme je t'appelais quand, absorbé par tes recherches, tu pouvais porter deux chaussures de couleurs différentes, et essayer vainement d'ouvrir la porte des voisins avec ta propre clé oubliant que nous habitions au deuxième étage non au premier.

Juché sur ton rai de poussière tel Don Quichotte sur sa Rossinante, je t'épargne le récit de mon séjour dans ce village d'Anatolie où ton âme rôde à la recherche d'une enfance brutalement interrompue. Nul besoin de décrire Eminé et surtout ta mère plus soucieuse de l'adresse de ses doigts à dessiner des enluminures que de ta mort. Je laisse le silence nous envelopper dans ce café où tu t'obstines à m'entraîner alors que tu fais semblant d'y être.

Un jour viendra où je mettrai fin à ces dialogues à une seule voix : la mienne posant les questions, la mienne formulant les réponses que je te prête avant de les reprendre à mon compte. Myra, Eminé, Ambar Bey, Yezit Bey, Halil Bey, ton père survolent la table sans laisser une miette de leur passage. Cette table étant ronde on pourrait jouer à "Esprit es-tu là ?" Libre à toi de répondre. Tu peux toutefois noter les questions, réagir si tu en sens la nécessité. De mes questions et de tes réponses nous pourrions faire un livre, mais à quoi servirait le livre sachant que tu ne le liras pas.

C'est comment là où tu es ? Est-ce un espace plat ou accidenté ? Y as-tu croisé des connaissances ? As-tu par hasard croisé ma mère puisque ce récit lui était dédié au départ, et qu'il a dévié pour je ne sais quelles raisons vers toi puis vers M. ? Si tel est le cas, dans quelle langue avez-vous conversé ? Elle ne parlant que l'arabe, toi ne connaissant pas cette langue. Autre question : quelle est ton occupation principale là-haut, à part te faufiler dans les rais de soleil qui frappent une vitre de café ?

Le soleil s'étant déplacé vers d'autres tables, je parle plus haut pour me faire entendre de toi, lié à un rai. Comptes-tu tes années d'absence en traits pareils à ceux des écoliers sur leur premier cahier, à ceux des prisonniers sur le mur de leur cellule ?

Et comment procédez-vous entre esprits quand vous tombez amoureux ? Arrivez-vous à vous toucher, à vous caresser l'un l'autre, baisez-vous ? si je puis m'exprimer ainsi.

Et Dieu, à quoi ressemble-t-il ? Est-il concave ? convexe ? Y a-t-il de lui un portrait, une photo, au moins une esquisse ? Lui aussi trace-t-il un trait chaque fois qu'un être vient au monde, qu'un être le quitte ? Lui arrive-t-il, dans un souci d'équilibre, de transvaser les traits d'un mort dans le visage d'un vivant ?

Ma plume renâcle à poursuivre ce questionnaire, considéré comme impie. La tache d'encre étalée sur ma page est due à toi. On dirait un serpent bleu. Bon signe malgré ma terreur maladive des reptiles. Tu m'entends. C'est l'essentiel. J'en profite pour poser mon ultime question :

— Penses-tu de temps en temps à ta fille ?
— Tu parles de Titi ?
— Timour-Titi était ton chien. Ta fille s'appelle Mie.
— Pourquoi dis-tu "était", parce qu'il n'est plus chien ?
— Il est mort.

Suit un silence douloureux ; puis cette réflexion écrite d'une encre lente :

"Timour mort est devenu un trait."

Août a vidé le quartier. Je suis seule dans l'immeuble, à croire que j'en suis la gardienne. Pas un seul cambriolage dans les étages, mes lumières dès la tombée de la nuit découragent les monte-en-l'air. Mes courses pour m'approvisionner surtout en eau depuis que la canicule tue les vieux par centaines me font passer sur la place.

"Travaux de rénovation, fermeture jusqu'en septembre", écrit en toutes lettres sur la porte de notre café, accentue ma solitude. Coller mon visage sur la vitre barbouillée d'un enduit blanc m'empêche de retrouver notre table. Comment la repérer dans cet amas de chaises entassées jusqu'au plafond ? Pas le moindre rai indépendant pour t'y imaginer. Le soleil tape uniformément, avec la même cruauté sur tout ce qu'il touche. Peut-être es-tu parti en villégiature avec les Parisiens nantis : sur la Côte d'Azur ou en montagne, dorer ton âme pâlie par l'hiver. Plus aucune envie d'écrire. Mon Olympia enfermée sous sa housse, je me tourne vers mon jardin que j'arrose soir et matin. Debout sur leur pied, mes rosiers unijambistes relèvent la tête en guise de remerciements, l'hibiscus applaudit des feuilles, le saule pleureur baisse la tête honteux de dépendre d'une femme, alors que l'hortensia boit sans exprimer la moindre gêne dans ma main. Mes chattes ramollies par la chaleur dorment à leur pied, à même la terre qu'elles bêchent de leurs pattes fiévreuses, même geste que le sourcier à l'affût d'un point d'eau.

La maisonnette construite de mes propres mains leur inspire du mépris. Elles refusent d'y mettre les pieds ; "les niches c'est pour les chiens", disent leurs miaulements courroucés. Pourtant j'ai bien assemblé les morceaux de bois. Nièce de menuisier, j'ai enfoncé les clous avec précision, avant d'arrondir en ogive l'ouverture. Forcée de les suivre, j'ai déménagé mon matelas sur la terrasse, en bordure du jardin devenu leur chambre à coucher. Le jet d'eau dans une main, les pieds plongés dans la boue, j'arrose les murs, l'air, un sol vomisseur de feu, à croire que le diable a placé sa marmite sous mes dalles. Je cours vers le téléphone qui sonne depuis un bon moment, décroche mais personne ne répond. Le souffle lointain, la respiration souterraine proviennent probablement de ta poitrine.

— C'est toi ? je crie d'une voix assourdissante. Tu es revenu ? Ne bouge pas. Attends-moi. J'arrive.

Je cours vers le café de la place. Pleure à la vue du même écriteau, des mêmes vitres barbouillées de blanc et qui me renvoient ma propre image. Soudain, les jambes lourdes. Je m'affale contre la porte, capable d'y passer la journée si un SDF, abrité sous l'auvent de la boulangerie, cinq mètres plus loin, ne me faisait signe de le rejoindre. "Sinon, tu vas crever au soleil."

Je décline son invitation et rentre chez moi. Tombée d'un coup ma frénésie de tout arroser, même d'écrire. Ma rupture avec Olympia remonte à plus d'un mois. Les mots ont dû partir ailleurs. Ce ne sont pas les écrivains en mal d'inspiration qui manquent. J'écrivais tant que ma mère me dictait, tant que tu naviguais dans mon encre. Vous deux absents, je redeviens une femme au foyer, une veuve entre deux mariages et deux âges qui vit en compagnie de deux chats.

Ma porte se referme avec la nuit. Les miaulements de mes chattes inquiètes de l'obscurité soudaine ne peuvent en aucune façon remplacer les pleurs de mes enfants partis depuis qu'ils ont grandi. J'allume, prête à passer une soirée de plus devant la télé, quand un bruit de volets m'alerte. Il provient du même palier. Est-il possible que M. Boilevent ait interrompu ses vacances ? Suivie de mes deux persanes et de leur ombre sur le sol, je sonne à sa porte. Le pas traînant me rassure, les cambrioleurs, chose connue, se déplacent sur la pointe des pieds.

— Alors, c'était bien la Côte d'Azur ? je demande au nez derrière la chaînette.

— Ç'aurait pu l'être sans tous les ploucs qui vous aspergent avec leurs prouesses.

Puis sur un ton écœuré :

— J'aime pas la mer. J'aime pas la montagne non plus. Les escalades c'est bon pour les fats et les chèvres. Moi, j'ai rien à prouver.

— Vous auriez mieux fait de rester à Paris, je suggère à tout hasard.

— Avec vous seule dans l'immeuble ! Bonjour les cambrioleurs. Et puis Paris au mois d'août c'est pour les va-nu-pieds. Il faut savoir tenir son standing. Grâce à Dieu, j'en ai les moyens.

Mon vieux voisin n'a que mépris pour tout ce qui n'est pas riche, pour tout ce qui n'habite pas le 16e arrondissement et qui prend le métro. Lui prend l'autobus et trouve toujours une place assise, même en cas de surcharge ; sa canne plantée dans le fessier d'un jeune finit toujours par le déloger.

"Défenseur attitré des Indiens d'Amazonie", gravé sur sa carte de visite, lui vaut le respect de toutes les concierges du quartier alors qu'il n'a jamais mis les pieds dans ce pays, ni même pris part à la manifestation organisée par les verts place de la Bastille pour dénoncer les mauvaises conditions de vie en Amérique. Resté au chaud chez lui, pendant que d'autres battaient le macadam, Boilevent déclara à ceux qui voulaient bien l'écouter qu'il n'est pas nécessaire de gueuler avec les connards pour exprimer son amour. Seuls les Indiens d'Amazonie ont sa sympathie, alors qu'il exècre les Inuits, des gens comme vous et moi qui se griment en Indiens pour soutirer des aides et des subventions, "à mettre dans le même sac que les Arabes et les juifs". De cette passion à un seul sens, mon voisin a tiré la matière de nombreux voyages fictifs à travers la forêt amazonienne infestée de moustiques et de serpents, et ses fleuves grouillant de piranhas mangeurs d'orteils. Lui devait sa survie à la foi qui l'animait. C'est du moins ce qu'il dit.

Ils l'attendaient année après année avec la même ferveur du peuple hébreu pour son Messie. Chargé comme un baudet, il n'oubliait personne : des tétines pour les bébés, des bobines et du mascara pour les mamans, des chasse-mouches pour les vieux paresseux. Des casseroles, des louches pour celles qui en voulaient, du ruban adhésif, des clous, ouvre-boîtes, décapsuleurs alors qu'ils n'avaient ni boîtes de conserve, ni bouteilles. Et pour couronner le tout : un téléphone alors qu'ils n'avaient ni réseau ni électricité. Objet d'une extrême laideur qui suscita l'hilarité de toute la tribu. Grands et petits étaient pliés de rire. Comment croire qu'avec une chose aussi biscornue on pouvait parler avec le monde entier ? Ils l'ont shooté par-dessus le toit de leur hutte, puis ramassé et reshooté par-dessus le baobab rempli à craquer de vautours qui s'enfuirent remplissant le ciel de vacarme.

Croyez-vous qu'il s'en fâcha ? Pas le moins du monde. Ravalant sa rancœur, il récupéra l'objet de tant de mépris, l'épousseta et leur déclara qu'il allait l'offrir à la tribu voisine, à leurs ennemis. Visages soudain assombris. Ils promirent de réfléchir. Ils le lui reprirent, le firent reluire avec des jets de salive, suivis de frottements énergiques. Puis le confièrent à leur chef, qui décida d'en prendre soin, l'abrita sous son pagne, délicatement posé sur son bâton en continuel état d'érection.

— Ce que tu appelles le monde parle quelle langue ? demanda un curieux.

— Le français, simplifia Boilevent d'un ton évident.

— Tous les Français parlent français ? osa d'une toute petite voix une de ses femmes.

— Ceux de souche seulement, précisa Boilevent. Les autres croient le parler.

— Qui sont les autres ? demandèrent-ils d'une même voix.

— Les naturalisés français. Casseurs maghrébins, terroristes arabes, voleurs à la tire roumains, putes venues des pays de l'Est depuis la chute du mur de Berlin.

— Tous vivent sous le toit d'une même hutte ? fut l'ultime question.

Question embarrassante. Boilevent prétend avoir eu un mal de chien pour expliquer la difficulté d'entasser soixante millions d'individus sous un même toit.

Trois semaines par an, pas un jour de moins à partager leur nourriture, leur sommeil, leurs femmes, les vieilles seulement à condition qu'elles leur reviennent au premier chant du coq. Boilevent calquait sa vie sur la leur tant que le jour était jour, mais redevenait lui-même à la tombée de la nuit, devant le repas du soir, servi sur une feuille de bananier lorsqu'il troquait son pantalon crasseux contre un smoking et nœud papillon. Nœud rouge, arboré à chaque réunion du prix Max-Jacob autour de ma table. Déjeuners saisonniers prolongeant le rituel instauré par la fondatrice de ce prix, la milliardaire Florence Gould, à la suite de la mort du poète à Drancy. Mes préparatifs mettent mon voisin dans un état de grande surexcitation. Le fait de me prêter trois chaises lui donne l'impression d'être l'invitant. Il se sent concerné, critiquant ou approuvant le menu, passant en revue les couverts, vérifiant la transparence des verres, s'assurant que le vin n'est pas bouchonné, que les recueils de poèmes sélectionnés sont d'un bon niveau avant de se poster dans l'entrée de l'immeuble pour saluer MM. les poètes : les anciens seulement, pas les jeunes "qui ne savent pas différencier un alexandrin d'une règle à calculer".

Réunions houleuses du temps d'Alain Bosquet, fort de son savoir doublé d'une grande autorité. "On se croirait dans une république bananière", lançait un rebelle. Un taciturne menaçait de démissionner. Les jeunes ricanaient.

M. Boilevent avait-il l'oreille collée à la porte pour me raconter, le repas terminé, la séance dans ses moindres détails, alors qu'il prétendait être sourd ? Commentaires occupant sa bouche, non ses mains essuyant les assiettes lavées par les miennes. Il trouvait antidémocratique qu'une femme pesant cinquante kilos lave les assiettes de onze hommes variant entre soixante et quatre-vingt-cinq kilos.

Jamais envisagé nos réunions sous un angle aussi arithmétique. L'éberluement me faisait lâcher l'assiette que je devais lui céder. Courtois, Boilevent ne sursautait pas. Armé d'un balai, il ramassait les débris, les jetait à la poubelle, tout en terminant les fonds de verre ponctués par "A la santé de Max".

L'âge d'autrui, l'obsession primordiale de mon voisin. Quel âge avez-vous ? demande-t-il chaque fois qu'il serre la main d'un individu. Comparant avec le sien, il soustrait, puis donne le résultat d'une précision hallucinante : "Je devais avoir quinze ans moins trois semaines quand vous êtes né." Ou : "J'étais un jeune homme de dix-huit ans trois mois et cinq jours le jour de votre arrivée au monde."

Le balai rangé derrière la porte, je l'ai vu une fois pétrifié au milieu de la cuisine.

— Quel con je suis, fit-il en se frappant la tête de la main. J'ai oublié de demander son âge à Jean Rousselot.

— Quatre-vingt-dix ans, fis-je pour couper court.

Je m'attendais à tout sauf à cette réflexion dite d'une voix nostalgique.

— D'une certaine manière, il est le petit frère de la tour Eiffel.

Je ne pus qu'apprécier.

La recherche d'un mécène après la défection de la fondation Gould avait usé mes semelles. J'ai sollicité des millionnaires puis des directeurs de banque, fait du porte-à-porte pour maintenir ce prix en vie. Les riches Arabes s'abstenaient : "Max Jacob était juif." Les juifs français me rappelaient qu'il s'était converti au catholicisme sur ses vieux jours. "Porté sur les fonts baptismaux par Jean Cocteau", me précisa Guy de Rothschild.

Dévalant les marches de l'hôtel Lambert, j'étais pliée de rire. Imaginer le frêle Cocteau portant dans ses bras le massif Max était si surréaliste.

A court de mécènes, Alain Bosquet me conseilla de contacter l'éditeur Pierre Belfond avec lequel il était en froid, depuis la publication des "pendules de Victor Hugo" où Salvador Dalí médisait de Bosquet. Pierre Belfond se dit prêt à financer le prix à condition qu'Alain Bosquet qui l'avait traité de boutiquier et d'épicier dans un journal lui fît des excuses. Prêt à tout pour sauver le prix, Alain promit de lui écrire. Réaction de Pierre Belfond : "Je publierai *sa lettre* dans le même journal pour financer votre prix."

Etonnante la fougue de Bosquet pour se faire des ennemis, quitte à se rabibocher avec eux, une fois les ponts coupés. "Mièvre, celui qui n'a que des amis", répétait-il. Une pierre dans mon jardin. J'aime être aimée, et fais la sourde oreille aux médisances dont je peux faire l'objet pour éviter toute discussion.

"Ne me parle plus jamais de Bosquet et cesse de le fréquenter. Il a déchiré mon pull." M. n'arrivait pas à oublier son fameux pull-over. Il me reprochait mon manque de rancune et de regarder la vie avec la loupe embellissante de l'exaltation. Il ne se trompait pas. Lors de notre première rencontre chez un ami grand collectionneur, je crus l'entendre me dire : "J'aimerais entrer avec vous dans un livre." Alors qu'il avait dit "lit".

Un an après, il illustrait mes poèmes pour les Amis du musée d'Art moderne. Le lit, unique meuble dans une chambre obscurcie par des volets toujours fermés, fut pour nous un lieu de tendresse. Oublié mon deuil, oublié son cœur fragile. La dure réalité nous rattrapait une fois dehors.

Etreintes hâtives qui donnaient naissance à des esquisses, souvent déchirées. Etreintes ponctuées d'ordres précis. "Noue tes bras derrière ta nuque, plie ta jambe, mets-toi de profil." J'avais l'impression de faire du cinéma sous l'œil d'un metteur en scène exigeant. Le résultat était souvent à l'opposé de ce que j'attendais. Je ne me reconnaissais pas dans la femme accroupie dotée d'un visage bestial. Esquisses inachevées comme notre histoire.

L'art de M. était pétri d'animalité alors que ma poésie nourrie de langue arabe allait vers le beau et le spirituel. Il était moderne et je n'ai jamais cherché à l'être, peut-être faute de compétence.

De retour chez moi, je racontais nos rencontres à un cahier. Vingt ans après, ces pages relues, je me rends compte que le plaisir n'était pas dans les sensations mais dans le fait de les noter ; l'écriture me tenait lieu de vie.

Veuve, pourtant riche d'un mari et d'un amant. Peu importait que le premier promenât son corps invisible dans les rues et que le second promenât le mien sur n'importe quel bout de feuille, avant de la froisser et de la jeter au panier. Mari et amant étaient en papier. Jamais satisfait du résultat, aucune esquisse ne suggérait la peau, aucune n'était charnelle. La seule sauvée de la destruction est enfermée entre deux plaques de plexiglas face à mon lit.

Le titre de veuve sur mon courrier administratif ne me concernait plus, je flottais sur un nuage, sourde aux demandes d'un percepteur d'impôts qui me noyait sous les redressements, d'un huissier qui apposait ses scellés sur mon frigidaire ou sur ma vieille voiture, je me voulais détachée de tout ce qui était terrestre, pour être à l'écoute d'un signe venu d'ailleurs :

— Si tu m'aimais vraiment, tu ne les aurais pas laissés m'enterrer, me reprochait mon mari dans un rêve.

Dieu merci ce n'est qu'un rêve, je m'étais dit en me retournant, convaincue de changer la suite en changeant de côté. Mais le voilà qui revient à la charge :

— Pourquoi les as-tu laissés m'enterrer ?

Comment lui faire comprendre l'impossibilité de m'opposer aux coutumes qui relèguent les morts sous terre, laissant le haut aux vivants ? Comment lui faire admettre que je continuais à croire qu'il allait apparaître un jour dans l'embrasure de la porte et déclarer qu'il y avait erreur sur la personne, l'administration allait faire le nécessaire pour rétablir la vérité.

Sachant que le rêve pouvait s'arrêter d'un moment à l'autre et ne voulant pas me quitter sur une mauvaise impression, tu m'as suggéré d'épouser Boilevent.

— Il fera un bon papa pour Mie et tes chattes, avais-tu dit dans un sourire forcé.

Normal le cœur n'y était pas, la nuit non plus. Le jour venait de faire irruption dans ma chambre. Inutile de discuter avec lui, me dis-je alors que j'étais pleinement réveillée. Les morts chose connue n'entendent pas. Deux coups de sonnette impératifs me firent courir vers la porte. Boilevent précédé d'un bouquet de fleurs cueillies dans mon propre jardin, Boilevent en pyjama mais nœud papillon, déclara n'avoir pas fermé l'œil de la nuit. Il a vu en rêve mon mari lui proposer de m'épouser.

— Vous ferez un bon papa pour Mie et les chattes, lui aurait-il déclaré.

Puis d'une voix plus basse :

— Je pourrai emménager chez vous. Les loyers économisés paieraient les boîtes de Lulu et de Salomé.

J'ai répondu par un long bâillement avant de refermer la porte.

Une absence longue de deux mois succède à ton apparition dans un rêve. J'attends septembre pour te retrouver. Mais ni septembre ni octobre ne te ramènent dans ce café que tu semblais préférer entre tous. Est-ce la nouvelle décoration des lieux : tables carrées, banquettes en moleskine, qui t'effarouche ? Pourtant ce ne sont pas les rais de soleil à travers la vitre qui manquent, ni les poussières suspendues en l'air, assimilables à une présence humaine. Fatigué de la femme indécise qui se partage entre un mort et un vivant, tu as préféré t'éclipser. Me voilà de nouveau face au portail battu par le vent, le corps collé au bois pour me réchauffer dans l'attente qu'on m'ouvre. "Viens prendre une tasse de thé" me précipite depuis vingt ans dans cette rue qui longe la Seine. Son profil de vieux lion éclairé par intermittence par les flammes de la cheminée, M. m'accueille avec la même phrase : "Que m'apportes-tu sous ta robe aujourd'hui ?" Phrase-refrain dont nous ne savons que faire, mais devenue un rituel immuable. Sa pince déplaçant les braises, ou les disposant en forme pyramidale, il m'écoute lui raconter le monde où il ne va plus, les livres qu'il ne lit pas, le temps qu'il fait dehors, mes lectures de poèmes dans des villes lointaines, le temps qu'il y faisait. Arkhangelsk face à la mer Blanche. Vingt degrés au-dessous de zéro, un hôtel non chauffé qui remonte au temps des tsars, le conseil de la standardiste de dormir entre le sommier et le matelas pour cesser de trembler de froid, et ce que je prenais pour une autoroute blanche n'étant qu'un fleuve gelé. La délégation française accueillie par un géant moustachu coiffé d'une chapka miteuse, nous lui avions tendu nos bagages, convaincus qu'il était le chauffeur du centre culturel que nous devions inaugurer. Honte à nous, le soir, quand tous les intervenants se relayèrent pour louer sa générosité, car il en était le mécène, l'âme du projet.

Virage brutal de cent quatre-vingts degrés, nous voilà dans une ville africaine, les trois poètes francophones censés prendre la parole se voient évincés par dix autochtones qui font leur propre conférence, improvisée.

— C'est toi mon camarade qui as donné son indépendance au pays, lance l'un.

— C'est toi mon aîné qui m'en avais donné le courage, lui répondait l'autre.

— C'est toi qui nous as appris à lire et à écrire.

— Toi qui as occupé la mairie et jeté le maire corrompu à la rue…

Ils étaient intarissables. L'organisateur du colloque a dû leur arracher le micro des mains pour me le tendre. Partageant le même siège avec une dame au fessier deux fois plus large que le mien, j'ai lancé le début d'un poème aussitôt couvert par la sonnerie du téléphone posé devant moi. J'ai poursuivi, imperturbable, pendant que l'administrateur du centre hurlait pour se faire entendre.

— C'est toi mon cousin ? Tu es à l'aéroport ? Ne bouge pas, j'arrive. On va manger un morceau ensemble. Non, je ne suis pas occupé. Ce que tu entends là c'est rien. Du blabla.

M. rit aux larmes tout en critiquant ma frénésie à accepter toutes les missions à l'étranger. Comment lui faire comprendre que je suis plus connue ailleurs que dans ce pays dont j'écris et défends la langue, offrant des ateliers d'écriture dans tous les lycées français où je passe, et que j'ai gros sur le cœur quand un critique littéraire déplore le fait que je ne sois que poète, alors que je lui ai envoyé mes seize romans ?

France si peu généreuse. Je continuerai à vous aimer.

J'étais prête à faire le pitre pour distraire M., pour l'amuser. Les séances de thé se prolongeaient jusqu'au dîner quand sa femme partait en voyage. Il appelait ses amis à se joindre à nous, et redevenait le conteur intarissable que je connaissais. Ses amis surréalistes étaient brossés en peu de mots, mais inoubliables.

Breton beau comme une icône, droit comme l'orgueil, Eluard veuf inconsolable, Aragon bouillonnant dans l'adversité, Dalí qui chassait le malheur à coups de formules magiques.

— Mon sang, disait-il, me faisait mal quand Dalí racontait Lorca assassiné. Je me sentais nu devant tant de souffrances.

Douloureuse Espagne qui croyait cicatriser ses plaies en lapant son sang comme le fait le renard de son pied broyé par un piège. M. comme je l'ai dit auparavant ne s'y était pas attardé. Il ne s'était pas arrêté non plus dans le Pays basque, terre de ses ancêtres : "Je n'avais que faire des filiations réduites à des notables ou à de robustes paysans aux voix de certificat d'études." A Paris l'attendait sa collision avec les lignes à l'étude de Le Corbusier. De ces lignes vouées à abriter des hommes, des femmes, des enfants, surgit un jour une silhouette venue probablement d'une autre planète. Le peintre venait de naître. Laissant derrière lui les plans d'une école ou d'un musée, il se mit à dessiner des lieux de vie pour les comètes et pour ces êtres étranges, mi-hommes mi-bêtes surgis sur son premier dessin. M. parlait sans me regarder, fixant les flammes qui éclairaient nos deux visages. Une étincelle due à un bois trop vert nous faisait sursauter. La bûche qui s'effritait, cendre sur la cendre, nous rappelait la fin de toutes choses. Et parfois une fumée qui voilait les faces grimaçantes des statues africaines qui nous encerclaient.

La collection d'art primitif de M. était digne d'un musée. Il me les présentait à chacune de mes visites : le nom suivi de celui de la tribu, et j'inclinais la tête en signe de respect. Le grand filiforme au visage hilare venait de Bouaké, le petit ventru au sexe aussi grand que la taille venait du Nord du Mali. Le géant doté de plus de cinquante dents était un mort empaillé. A mesure qu'il parlait, les lieux se transformaient en place de village africain, le toit en arbre à palabres, et M. en griot.

Le soir épaississant la pénombre, je me levais prête à allumer, mais il m'en empêchait. L'obscurité le rendait loquace, voire impudique. Il me décrivait en termes crus comment il m'aimait jadis, s'exaltait à mesure que la tension montait. "Seul mon départ pourrait le calmer", me disais-je en moi-même. Mais il me faisait signe de m'approcher de son siège, posait sa tête entre mes hanches, puis respirait longuement comme on soupire. Mes mains vides d'amour depuis mon veuvage, je me contentais de caresser la belle tête argentée, avec ferveur.

Retours angoissants chez moi depuis que Mie, étant en âge de vivre seule, habitait ailleurs. Seul mon voisin de palier se souciait de mon existence. Les autres locataires m'ignoraient comme je les ignorais. Alphonse Casimir Justinien Boilevent n'est pas un anthropologue comme il lui arrive de le dire, et surtout pas anthropophage comme l'affirme la gardienne de notre immeuble, une mauvaise langue, qui l'a vu manger de la viande crue. C'est par amour des Indiens, les Jivaros seulement, et non pour se balader nu parmi leurs femmes qu'il a, paraît-il (cela reste à vérifier), effectué plusieurs voyages en Amazonie. Boilevent n'est pas un indicateur de police non plus, ni un espion à la solde d'un pays de l'Est, comme on a pu l'imaginer à un moment donné. Il n'est rien de ce que je viens d'énumérer. Boilevent, en deux mots, est veuf et aime les chats.

C'est peut-être parce que je suis veuve et que je suis mère de deux chattes que Boilevent a loué l'appartement face au mien. Nous partageons le même mur mitoyen, mêmes bruits de canalisation, même palier mais deux paillassons distincts : le mien orné d'un chat de profil, le sien orné d'un chat de face. Deux paillassons parallèles qui ne se croisent jamais alors que les courriers trouvent moyen de s'emmêler. Je lui rends le sien dûment cacheté. Il me rend le mien ouvert et commenté.

Deux veufs d'âges certains, le sien plus que le mien, se métamorphosent en rabatteurs dès la tombée de la nuit pour ramener au bercail deux chattes vagabondes qui écument le quartier et ont leurs entrées au musée Marmottan, situé dix mètres plus loin. Fouiller les taillis écorche les bras, sauter les haies séparant les jardins épuise les vieilles jambes. Lulu et Salomé ramenées par la peau du cou, Boilevent et moi, nous nous accordons une halte autour d'une tisane de tilleul, jamais de thé contre-indiqué pour sa prostate et mes insomnies.

Ententes de courtes durées, Boilevent se transforme en donneur de leçons dès que nous nous retrouvons ensemble. Il me reproche mes incursions loin du 16e arrondissement, le seul habitable d'après lui, et ne manque jamais de me rappeler les malheurs qui se seraient abattus sur moi si je n'avais pas la chance de l'avoir à mes côtés.

Il y a une semaine, il m'a accueillie clé en main, prête à ouvrir ma porte, pour me dresser l'inventaire des dangers auxquels j'ai échappé par miracle :

— La blanche Lulu a failli être violée par un bâtard tigré venu des quartiers périphériques. La noire Salomé a subi les câlins (il pensait attouchements) d'un ouvrier maghrébin du chantier voisin.

Boilevent absent, il l'aurait emportée. C'est facile à prendre un chat de deux kilos trois cents grammes.

Je l'ai remercié à travers l'entrebâillement de la porte, mais il m'a suivie à l'intérieur pour me mettre en garde contre mon laxisme, qu'il a appelé laxité pour je ne sais quelles raisons. Je devrais me méfier de tout, surtout des exhibitionnistes, refoulés nuit après nuit par la police des mœurs et qui s'arrêtent face à notre grille, exhibant leur membre en érection dans l'ouverture de leur trench-coat.

— Et puis après ?

— Après rien, sauf que vos chattes errent comme deux mendiantes, mangent chez les uns, chez les autres, que vous avez tort de prendre les choses à la légère. La France n'est plus la France depuis qu'elle est envahie par toutes les couleurs. Celle de mon temps ne comptait que des Français pure souche, première pression. A bien réfléchir, je préfère mes Jivaros à ces envahisseurs qui défigurent notre paysage et notre langue.

Craignait-il que je le traite de raciste ? Il fila chez lui après m'avoir lancé ce dernier avertissement :

— Que dirait feu votre mari s'il vous voyait tous les jours courir vers la rive gauche pour vous extasier devant des barbouillages…

Pour la première fois de ma vie, j'ai regretté de n'avoir pas une arme.

Nous faisons la paix le lendemain, à travers la haie qui sépare nos deux jardins, enclos plutôt que jardins, avec le même fouillis d'herbes bâtardes,

111

ayant migré de l'un à l'autre, s'étant allongées de l'un vers l'autre, sautant par-dessus les pierres, ou se dressant de toute leur taille, envahissant un massif de pensées frileuses, ou de roses acariâtres.

Boilevent et moi échangeons nos impressions sans nous regarder. Sujet du jour : les escargots qui font de la dentelle avec nos cyclamens et détériorent les mailles du gazon. Mon voisin les trouve plus voraces que par le passé.

— Normal, faire l'amour ouvre l'appétit. Ils passent leur temps à baiser. Baisent dans toutes les positions : allongés, debout, en équilibre instable sur une branche. Baisent à deux, parfois à trois. Des partouzards.

Ayant lu un article sur les mœurs sexuelles des gastéropodes, je lui explique qu'étant hermaphrodite, l'escargot copule en lui-même, et n'a donc nul besoin d'un tiers pour être fécondé. Boilevent est bouche bée.

— Comment le savez-vous ? finit-il par articuler, avant de préciser qu'il serait d'accord si cette version était due à mon défunt mari, un grand scientifique, mais en aucun cas au barbouilleur de la rive gauche.

Brouillés à jamais, cette fois, je décide en moi-même et je le plante sans un mot de plus. Veiller sur mes chattes ne lui donne nullement le droit de s'immiscer dans ma vie sentimentale.

La lettre glissée en pleine nuit sous ma porte est de lui. Les grands jambages, les contorsions c'est du Boilevent tout craché. Il s'excuse concernant le barbouilleur, mais souligne qu'il est de son devoir de m'aider à voir clair en moi-même, comprendre la raison de tous ces va-et-vient entre le 16e et le 7e arrondissement.

"Votre agitation, conclut-il, est due à un état dépressif proche de la schizophrénie. J'ai consulté pour vous. Votre guérison est entre les mains d'un ami spirite de grand renom. Eliahou vous fera un prix d'ami. Lui seul pourra vous mettre en contact avec feu votre mari qui vous conseillera dans le choix de vos fréquentations. Il vous attend jeudi en huit, à huit heures précises du matin. Les esprits, à cette heure matinale, sont plus disponibles que pendant le reste de la journée."

Le palier gravi en deux enjambées, j'appuie sur sa sonnette, décidée à lui donner la leçon de sa vie. Bruit traînant de savates, déclic de la serrure. La porte s'ouvre sur un pyjama délavé, un œil délavé, une tête blanche. Même couleur de cheveux que ceux de M. Ma colère tombe d'un coup. Jamais pu résister à une vieille tête. Au lieu de le remettre à sa place, je me vois en train de lui confirmer notre rendez-vous avec le spirite.

— Par curiosité, je précise pour sauver la face, puis rebrousse chemin vers chez moi.

Lulu et Salomé qui m'attendent sur le seuil ont les yeux larges comme des soucoupes. Elles me trouvent imprévisible. Comment leur faire comprendre que le spirite de Boilevent est ma dernière chance pour reprendre contact avec mon mari ? Lui seul saura me dire pourquoi il a déserté le café où nous avions l'habitude de nous retrouver.

Attablée dans ma cuisine devant une tasse de café dont je lirai le marc une fois séché, je m'interroge pour la première fois sur les raisons qui me poussent à ne fréquenter que des gens bizarres. Boilevent n'est qu'un échantillon. Je pense à mon amie italienne qui fait tourner les tables et convoque à chaque séance le pape Pie XII, le seul capable de convaincre son richissime mari de lui offrir un manteau de chinchilla ; ou à Che Cha Fuou Trang, mon réflexologue chinois qui prendra ses vacances dans sa famille à Hong-Kong.

— J'arriverai avec plein de cadeaux pour mes vieux parents : une télé, une machine à laver la vaisselle, une autre pour la lessive, un four électrique et un aquarium. Un grand avec plein de poissons de toutes les couleurs.

— Vous devez avoir un grand appartement, je m'enquis pour la forme.

— Ni grand, ni petit, est sa réponse, plutôt moyen. Vingt-quatre mètres carrés.

Nous sommes une dizaine à partager le même banc à cette heure matinale, à croire que nous avons dormi sur place.

Tailleur Chanel, djellaba, minijupe et jeans unis par la même détresse et les mêmes angoisses. Du mage Eliahou nous connaissons la voix appelant "les patients" entre deux "consultations". Boilevent qui a tenu à m'accompagner serre ses maigres fesses entre un Chanel et une robe Monoprix. Mes origines arabes me poussent vers la djellaba. Impression d'être chez le docteur avec la seule différence que la Sécu n'est pas de la partie.

Arrive mon tour. Boilevent m'emboîte le pas puis me donne le bras pour franchir la porte. Geste qui me rappelle mes deux malheureux mariages : le premier dans une église au Liban, le deuxième dans la salle des mariages d'une mairie parisienne.

Vu de près et à son accent de cailloux malaxés, le spirite ne vient ni de Tombouctou ni d'Ouarzazate comme je m'y attendais, mais d'un village bourguignon comme le bœuf du même nom.

Bourguignon et albinos, avec des ongles noirs de suie comme s'il venait de remuer les charbons de l'enfer.

Trop tard pour rebrousser chemin, Boilevent me surveille. La sueur qui voile mes yeux ne m'empêche pas d'écouter les questions posées d'une voix médicale :

— Primo : votre mari est-il mort de mort violente : écrasé par un camion, criblé de balles par un terroriste ou au volant de sa voiture ?

Réponse : Néant.

— Deuzio : est-il mort d'une mort désirée : suicide par pendaison, absorption de poison, strangulation, étouffement, hara-kiri ?

Réponse : Néant.

— Tertio : est-il mort sans préavis, comme on éternue, qu'on bâille ou qu'on a le hoquet ?

Réponse : Oui.

Soupir de soulagement d'Eliahou qui fixe la lucarne, tout en s'armant d'un bâton pour taper sur les esprits maléfiques causeurs de troubles et d'interférences. Il me demande de noter la réponse dictée par les bons esprits cette fois, lui-même n'étant qu'un modeste intermédiaire.

Armée d'un crayon et d'un papier, j'écris sous sa dictée :

"Il dit qu'il faut l'aider à retrouver son corps qu'il n'a pas eu le temps de voir «partir». Sans cela son âme serait toujours perturbée. Pas de paix pour lui, encore moins pour vous qui ne cessez de le harceler. Vous serez suivis, espionnés, épiés, fichés…"

L'écume aux coins des lèvres, il demande brutal :

— Où l'avez-vous enterré ?

— Un peu partout, je dis sans réfléchir. La première fois dans le caveau d'une famille amie juive.

La deuxième en terre musulmane dans son village natal, mais par l'intention seulement, sa mère le voulait. La troisième, définitive, au cimetière Montparnasse, dans une tombe chrétienne, partagée avec des amis de longue date.

Impression de jouer aux charades, j'en ressens une grande honte alors qu'Eliahou, lui, est simplement admiratif.

— Les trois religions monothéistes réunies. Votre défunt doit frayer avec tous les grands de l'autre monde, alors que vous essayez de l'attirer chez vous, dans votre petit appartement, à votre petite personne, et votre caveau payé à crédit ?

— Moitié-moitié, je rectifie d'un ton glacial. Une pierre tombale en marbre de Carrare, un angelot en onyx premier choix, je n'ai pas lésiné, ni regardé à la dépense, convaincue qu'il est dedans, et vous venez me raconter qu'il erre comme un malheureux SDF ?

Je suis hors de moi alors qu'il est bouleversé. La larme figée au coin de son œil gauche le dit. Se penchant sur moi, il m'empoigne de ses deux mains, me secoue violemment avant de me poser l'ultime question. De la sincérité de ma réponse dépend tout mon avenir, sinon je retournerai à la case zéro.

— Désirez-vous réellement revoir votre mari ? me demande-t-il ses yeux vrillant les miens.

Je dis oui avec ferveur.

Fixant de nouveau la même lucarne, il m'ordonne de suivre à la lettre ce que les "Invisibles" vont nous dicter.

— Rendez-vous demain à l'aube, cimetière Montparnasse, récite-t-il d'une voix caverneuse. Main dans la main avec votre mari que vous ferez semblant de guider. Vous irez à pied, les esprits ont horreur des transports en commun. Arrivés devant la grille, vous déclinerez son nom et le numéro de sa concession, en aucun cas le vôtre, en précisant qu'il est riverain, domicilié depuis des années dans le même caveau.

Agacée par tous ces préambules, et ne sachant pas où il veut en venir, je m'entends lui demander sèchement :

— Puis après ?

— Après ! vous rentrez chez vous, sur la pointe des pieds pour ne pas troubler son tête-à-tête avec son ancien corps. Votre mari en a besoin pour accepter sa mort et pour vous revenir.

Boilevent est devenu moins envahissant depuis qu'il a adopté un tigré aux journées portes ouvertes de la SPA.

— Une bonne action de plus, me lance-t-il à travers la haie, la première étant notre visite à Eliahou.

Du bâtard au poil ras, je nettoie les rosaces de ses passages sur le dallage de ma cuisine. Des trèfles à quatre feuilles, augure de bonheur et de félicité. Mes deux persanes écarquillent les yeux à sa vue. Elles le prennent pour un nudiste doublé d'un exhibitionniste étant donné les deux boules accrochées à son fessier. La noire Salomé lui crache à la figure, la blanche Lulu attrape le hoquet. Un filet de pipi marque leur territoire délimité par trois thuyas raides comme des cierges. Je nettoie sans me plaindre. Une douce résignation s'est emparée de moi depuis qu'Eliahou m'a conseillé de te laisser tranquille, de ne plus te harceler par mes appels, car tu es occupé, terriblement occupé à te ramasser, à te réunir avec toi-même, à te réconcilier avec ta nouvelle image. Il est désormais inutile de guetter tes apparitions à travers les vitres des cafés, car tu es partout et nulle part à la fois, dans la branche de mon châtaignier qui gesticule au vent, dans la feuille morte trouvée ce matin sur mon paillasson avec mon courrier, une lettre de toi, me dis-je en essayant de lire ses nervures... Devenu palpable par la pensée, charnel dans ton absence, atteignable par tout ce qui n'est pas à portée de mes mains : une étoile frileuse, un arbre pris d'agitation.

Boilevent me demande de réserver le terme d'agitation à son tigré. Le ressortissant de la SPA est en perpétuel mouvement, toujours à traverser la rue entre une voiture et un camion, à sauter d'un toit à l'autre, à croire qu'il a vu Superman à la télé. Inquiet comme n'importe quel père digne de ce nom, Boilevent court les jardins, saute les haies, appelle d'une voix déchirante ce qu'il considère comme son fils unique, prunelle de ses yeux. Tigré n'ayant pas répondu à ses appels, hier, le pauvre vieux s'est mis à regarder plus bas que d'habitude, les taillis, les massifs de fleurs, le contour des murs. Le petit corps raide en costume rayé pareil à celui des bagnards ne pouvait être que le sien. Tombé du toit pour avoir probablement voulu attraper une étoile qui lui faisait de l'œil, Tigrou s'est transformé en un morceau de bois.

Sensation bizarre quand je l'ai pris dans mes bras ; aussi pierreux que tu l'étais dans cette morgue où on m'avait entraînée pour t'embrasser une dernière fois.

Finalement la mort d'un chat a rendu réelle la tienne.

Demain, je murerai la fenêtre qui s'ouvrait sur toi pour ne plus guetter tes apparitions, et pour que tu puisses te ramasser en toi-même, devenir un cercle de silence pareil à ces soleils qui deviennent un point avant de sombrer avec le couchant.

BABEL

Extrait du catalogue

797. GÖRAN TUNSTRÖM
 Partir en hiver

798. PAVAN K. VARMA
 Le Défi indien

799. NAGUIB MAHFOUZ
 Passage des miracles

800. YOKO OGAWA
 La Petite Pièce hexagonale

801. ROY LEWIS
 La Véritable Histoire du dernier roi socialiste

802. GLENN SAVAN
 White Palace

803. BJARNE REUTER
 Le Menteur d'Ombrie

804. CHRISTIAN SALMON
 Verbicide

805. LUIGI GUARNIERI
 La Double Vie de Vermeer

806. PER OLOV ENQUIST
 Blanche et Marie

807. HELLA S. HAASSE
 Les Initiés

808. ANDRÉ BRINK
 L'Insecte missionnaire

809. CÉSAR AIRA
 Les Larmes

810. EDUARDO BELGRANO RAWSON
 Fuegia

811. LIEVE JORIS
La Chanteuse de Zanzibar

812. THÉODORE MONOD
Majâbat al-Koubrâ

813. PAUL BELAICHE-DANINOS
Les Soixante-Seize Jours de Marie-Antoinette
à la Conciergerie, t. I

814. MADISON SMARTT BELL
Le Maître des carrefours

815. YAAKOV SHABTAÏ
Pour inventaire

816. ANDRÉAS STAÏKOS
Les Liaisons culinaires

817. NORBERT ROULAND
Soleils barbares

818. PRALINE GAY-PARA
Contes curieux

819. MARGARITA XANTHAKOU
On raconte en Laconie…

820. INTERNATIONALE DE L'IMAGINAIRE N° 22
Evénementiel *vs* action culturelle

821. COLLECTIF
Le Dialogue des cultures

822. VÉRONIQUE OVALDÉ
Déloger l'animal

823. METIN ARDITI
La Pension Marguerite

824. LYONEL TROUILLOT
Les Enfants des héros

825. JEAN-PIERRE GATTÉGNO
Le Grand Faiseur

826. CLAUDE PUJADE-RENAUD
La Chatière

827. DANIEL ZIMMERMANN
Le Spectateur

828. STÉPHANE FIÈRE
    La Promesse de Shanghai

829. ÉLIE-GEORGES BERREBY
    L'Enfant pied-noir

830. TAMIKI HARA
    Hiroshima, fleurs d'été

831. VASSILI AXIONOV
    A la Voltaire

832. WILLIAM T. VOLLMANN
    Les Fusils

833. YOKO OGAWA
    Le Réfectoire un soir et une piscine sous la pluie

834. ELIAS KHOURY
    Un parfum de paradis

835. MAHMOUD DARWICH
    Une mémoire pour l'oubli

836. CHRISTIAN GOUDINEAU
    Regard sur la Gaule

837. GABRIEL CAMPS
    Les Berbères

838. JAMES KNOWLSON
    Beckett

839. ROBERT C. DAVIS
    Esclaves chrétiens, maîtres musulmans

840. ANNE-MARIE GARAT
    Dans la main du diable

841. NANCY HUSTON
    Lignes de faille

842. LAURENT GAUDÉ
    Eldorado

843. ALAA EL ASWANY
    L'Immeuble Yacoubian

844. BAHIYYIH NAKHJAVANI
    Les Cinq Rêves du scribe

845. FAROUK MARDAM-BEY
    Etre arabe

846. NATHANIEL HAWTHORNE
    Contes et récits

847. WILLIAM SHAKESPEARE
    Sonnets

848. AKI SHIMAZAKI
    Tsubame

849. SELMA LAGERLÖF
    Le Livre de Noël

850. CHI LI
    Pour qui te prends-tu ?

851. ANNA ENQUIST
    La Blessure

852. AKIRA YOSHIMURA
    La Guerre des jours lointains

853. GAMAL GHITANY
    La Mystérieuse Affaire de l'impasse Zaafarâni

854. PAUL BELAICHE-DANINOS
    Les Soixante-Seize Jours de Marie-Antoinette
    à la Conciergerie, t. II

855. RÉGINE CRESPIN
    A la scène, à la ville

856. PHILIPPE BEAUSSANT
    Mangez baroque et restez mince

857. ALICE FERNEY
    Les Autres

858. FRANÇOIS DUPEYRON
    Le Grand Soir

859. JEAN-LUC OUTERS
    Le Bureau de l'heure

860. YOKO OGAWA
    La Formule préférée du professeur

861. IMRE KERTÉSZ
    Un autre

862. OSCAR WILDE
Quatre comédies

863. HUBERT NYSSEN
Quand tu seras à Proust la guerre sera finie

864. NIMROD
Les Jambes d'Alice

865. JAVIER CERCAS
A la vitesse de la lumière

866. TIM PARKS
Double vie

867. FRANZ KAFKA
Récits posthumes et fragments

868. LEENA LANDER
La Maison des papillons noirs

869. CÉSAR AIRA
La Guerre des gymnases

870. PAUL AUSTER
Disparitions

871. RUSSELL BANKS
Hamilton Stark

872. BRIGITTE SMADJA
Le jaune est sa couleur

COÉDITION ACTES SUD – LEMÉAC

Ouvrage réalisé
par l'atelier graphique Actes Sud.
Reproduit et achevé d'imprimer
en février 2008
par Normandie Roto Impression s.a.s.
61250 Lonrai
sur papier fabriqué à partir de bois provenant
de forêts gérées durablement (www.fsc.org)
pour le compte des éditions
Actes Sud
Le Méjan
Place Nina-Berberova
13200 Arles.

Dépôt légal
1re édition : mars 2008.
N° impr. : 08-0719
(Imprimé en France)